JN216864

著／進行諸島
画／ともぞ
4
GC NOVELS
異世界転移したので
チートを生かして
魔法剣士やることにする

亜龍の剣がとても便利そうだったので、
試しにそういうイメージをしてみたら、剣が本当に炎を纏ったのだ。
そのままの状態を維持して、クラーケンを攻撃してみると、
クラーケンの触手は切れると同時に焼け、再生しなくなった。
剣の切れ味にも問題はない――というか、むしろ上がっている気がする。
唯一問題点があるとしたら、剣が若干重くなったように感じることだろうか。
振るのに問題が出るほどではないのだが。
『相変わらず滅茶苦茶ね……』
『いつもの、カエデだよ？』

異世界転移したので
チートを生かして
魔法剣士やることにする

4

"I'VE TRANSFERRED TO THE DIFFERENT WORLD,
SO I BECOME A MAGIC SWORDSMAN BY CHEATING."

4

CONTENTS

STORY BY SHINKOU SHOTOU
ILLUSTRATION BY TOMOZO

プロローグ

異世界へ飛ばされ、薬草採りや魔物退治を経て前線都市デシバトレへと進んだ俺ことカエデは、デシバトレの先に存在した前線都市、ブロケンの奪還作戦に参加することとなった。

奪還作戦は『新世代の篝火』による妨害を受けながらも、召喚された亜龍の討伐、そして外壁の完成をもって成功したが、都市としてのブロケンは魔物と年月により完全に崩壊しており、僅かな痕跡しか残されていない。

今ここにある建造物は、俺達が作った外壁だけだ。

これでは、まだ前線都市とは言えないだろう。

この外壁を維持するには、当然都市にする必要がある訳で——

「今から一ヶ月で、ブロケンを街にする！」

ブロケン奪還の翌日。

奪還戦でリーダーを務めたAランク冒険者ガストが、こう宣言した。

「一ヶ月は、流石に短くないか？」

宣言を聞いた冒険者の一人が、すぐさま疑問を口にした。

「ああ。街を作るのに一ヶ月は、確かに短い。だが、今はカエデがいる」

冒険者と話していたガストが、突如俺の方を指した。

どうやら俺は、すでに作戦に組み込まれているらしい。

ブロケン奪還戦が終わったら、一度オルセオンにでも戻ろうと思っていたのだが。

まあ、そこは後で通信機を使って、フィオニー達に伝えておけばいい。特に理由があって戻る訳でもなかったし。

だが問題は、俺の都合だけではないのだ。

「プレハブ工法を使うのか？　あれは近くの工房を総動員して、一気に建材を作ったからこその速度なんだが……」

「カエデさえいれば、その辺は何とでもなる。デシバトレから移築してもいいし、それで足りなければ国に圧力でもかけて――」

「デシバトレを移築！　良いアイデアだな！」

この冒険者、平然と『国に圧力』とか言い出したぞ。

いくら前線都市でも、そこまでの権限は……ないと言いきれないのが、この都市の恐ろしいところだな。

「よし。頼んだぞ」

「デシバトレ、まだいるの？」

「ああ。あと一ヶ月くらいは滞在することになりそうだな」

「やったー！」

「じゃあ私も、もう一ヶ月デシバトレね！　リアちゃんは私が守るわ！　……冷静に考えると、私よりリアちゃんの方が強いけど……」

リアの方は、すっかりその気のようだ。ミレイも止める気はないらしい。

恐らく、デシバトレ滞在を続けることで、魔物を沢山倒せると思っているのだろう。

実際には、あまり戦わない気もするが……まあ、せっかく乗り気のところに水を差すこともないか。

"I've transferred to the different world, so I become a magic swordsman by cheating." 4
Story by Shinkou Shotou, Illustration by Tomozo

海辺の都市ミナトニア

その日の夕方、俺は早速デシバトレへ戻り、第一回の移築工事を行うことになった。

「おう、来たか。言われた通り、家はバラしておいたが……これで入るか？」

冒険者の一人（解体班長と呼ばれているようだ）が指したのは、不慣れな移築にも耐えられそうな、頑丈な二階建ての家だ。

家といっても、ただの民家ではない。

ほとんどが金属でできており、デシバトレに侵入してきた魔物達を、その剛性をもって（比喩ではなく）跳ね返してきた、要塞民家だ。

その家が、あらかじめ釘やボルトなどを抜くことによって、いくつかのパーツに分解されていた。

この状態で放っておくと崩れてしてしまうので、一部を魔道具で支えたり、屈強なデシバトレ人が柱代わりになって梁《はり》を持ち上げたりしているようだ。

ミスリル合金製の屋根を腕力だけで支えるデシバトレ人を見ていると、もう普通に家を持ち上げて運べそうな気がしてくるが……まあ今回、運ぶ役目になっているのは俺だ。

「とりあえず、ブロケンの外壁を作った時の重さまでなら行けるはずだぞ」

俺のアイテムボックスには二千ほどの枠があるが、一枠に入るのは重さにして二トン代後半くらいまで。

家一軒を丸々収納することはできないのだ。

「まあ、試してみるか。危ないかもしれないから、ミレイとリアは少し下がっててくれ」

「えー」

のけ者にされると思ったのだろう。リアは不満げな顔をした。

だが俺も、そのくらいのことは想定していた。対策はすでに講じてある。

「魔力が届く範囲でなら、魔物を倒していていいぞ」

「わかった！」

聞くなり、リアは街の外に向かって走り出した。それを追いかけて、ミレイも走り出す。

ブロケンの完全封鎖に成功したことで、しばらくすればフォトレン－ブロケン間には魔物がいなくなるはずなのだが、今はまだデシバトレ周辺にも、かなりの数の魔物が残っている。

俺が家を運んでいる間に、リア達にはその処理を担当してもらおうという訳だ。

「まずは、屋根からでいいのか？」

「ああ。……よっと！」

屋根を支えていたデシバトレ人が、かけ声とともに腕に力を入れ、屋根を少し浮かせる。

色々とツッコミを入れたくなるのを堪えつつ、俺は浮いた屋根をアイテムボックスに収納した。

「よし！　次はここを……」

家を支えてくれていたデシバトレ人たちは家の構造を覚えているらしく、家が崩れないよう順番に家のパーツを外してくれる。

それを片っ端からアイテムボックスへ収納していくと、僅か二十分ほどで家が収納できてしまった。

使ったアイテムボックスは、百六十枠。パーツ一つ当たり二トンと見積もっても、三百二十トン。凄まじい重さだ。

見た目は普通の民家なのに、壁の厚さが十センチ近いミスリルだったりするからな……。

「今日は、何軒運ぶことになったんだ？」

流石にこの重さだと、アイテムボックスの容量が心配になってくる。

「五軒だな。流石に一度じゃ無理だろうから、一軒ごとに往復する形にしようと思うが……」

五軒か。それなら足りるな。

「今のと同じ量なら、一発で五軒はいけるぞ」

「どんなアイテムボックスだよ……。もしかして、また容量が増えたのか？」

「まあ、増えたことは増えたな」

デシバトレにいる魔物が強いせいで、それを倒す俺達のレベルも上がりやすくなっているのだ。

レベルが上がれば、アイテムボックスの容量も増える。伸び幅は大きくないが。

「よし！　じゃあ早速、二軒目いくぞ！　……とは言っても、二軒目以降はまだ解体が終わってないんだ。簡単な作業もあるから、どうせなら手伝ってくれ」

そう言って解体班は、俺を次の家へと案内し始める。

こうして俺は、屋根の一部を担当することになったのだが……。

この工事現場には、一つ問題があった。

「カエデ、そこのボルトを頼む」

「分かった。……レンチはどこだ？」

「レンチ？　何だそれは」

工具が見当たらないのだ。

そのままアイテムボックスに入れればいいのかとも思ったが、ボルトは建物にしっかりと固定されているせいか、アイテムボックスに収納することもできない。

他のデシバトレ人達の方を見ても、それらしきことをしている人はいなかった。

せいぜい巨大な剣を使って、大きすぎる鋼板を叩き切っているくらいだ。話を聞いた限りでは、あとで鍛接《たんせつ》して元に戻すらしい。

「ボルトの外し方を知らないのか。こうやると外れるぞ」

工具を探している俺を見て、解体班長があきれ顔でため息をつく。

それから、錆びて固まったボルトの頭を、指でつまんで回し始めた。握力が何キロあれば足りるのだろうか。

ボルトを作った人に聞いたら、まず間違いなく分かってないのは解体班長の方だって言われると思う。

仕方がないので、俺も指で回すことにした。意外と回る。ちなみに釘も、普通に指で引き抜くようだ。

そんなこんなで解体が終わり、パーツがアイテムボックスに収納された。

遠くの方では、小さい魔法が空へと打ち上げられ、不自然な軌道で魔物へと着弾していた。リア達の方も順調のようだ。

「よし！　この調子で、一気に終わらせるぞ！」

「おう！」

さて。次は三軒目だな。

＊

「よし！　収納完了！」

「お疲れ様！」

日が暮れ始める頃、五軒目の作業が終わった。

「ただいまー！」

ちょうど同じタイミングで、リア達も戻ってくる。

「おかえり。魔物がいなくなったのか？」

「ええ、全滅よ。戦果は素晴らしいんだけど、リアちゃんの殲滅速度を見てると、自信がなくなってくるわね……」

ミレイが微妙な表情をしている。フォローを入れておくか。

「気にするなミレイ。それはリアが異常なだけだ」

「それ、カエデが言う？」

「カエデが、いちばんおかしい！」

あれ。フォローしたつもりなのに、流れ弾が飛んできたぞ。

「ちょっと待て。俺は家を解体していただけだし、リアみたいなホーミング魔法は……」

「いや、カエデはホーミングとかそういう次元じゃないでしょ。半径数キロあった魔物の領域を、丸ごと氷漬けのズナナ草原に変えちゃうんだし……」

「あれは自然現象だぞ」

【静寂の凍土】は、ただの自然現象。俺はそう言い張ることにしている。

あまり使い勝手のいい魔法ではないし、自分がやりましたと言うと色々問題が出てくるからな。

「で、その言い訳を信じてる人が、一体何人いるのかしら？」

「……十人くらい？」

「きっと信じてる人数は、それより十人くらい少ないわね。……まあ、この件に関してはどっちも規格外ってことでいいとして、組み立ては今日やるの？」

いや、よくないが。

「今日やる予定だが、カエデ達の作業はパーツを置いて終了だな。組み立てはこっちでやるからな」

ツッコミを入れようと思ったが、解体班長がミレイの質問に即答したせいで、タイミングを逃してしまった。

ともかく、俺の仕事はブロケンで荷物を置いたら終わりのようだ。

「じゃあ、ブロケンに行くか」

「おう！」

【静寂の凍土】や伐採の影響でブロケンまでの道は走りやすくなっており、俺達が到着するのに十分もかからなかった。

そこでパーツを地面に置いて、俺達は解散した。

「で、これからどうするの？」

「たたかう！」

ミレイの質問に、リアが即答する。

「戦わないぞ。もう夜だし、とりあえず……フィオニーに連絡かな」

「フィオニー？　そんな名前の冒険者、デシバトレにいたかしら」

そういえば、通信機のことは教えていなかったな。

まあ、話しても問題ないだろう。

「冒険者じゃなくて、考古学者だ」

「考古学者……もしかして、あの狐族の？」

「ああ。知り合いなのか？」

「知り合いじゃないけど、冒険者なら普通、名前くらいは知ってるわよね？」

ミレイは、当然のことのように言う。

「……フィオニー、有名だったのか」

「ギルド関係の学者では、一番有名なんじゃないかしら？　アーティファクトだらけの遺跡を立て続けに発見したり、見つけた遺跡を自分で攻略してみたり……最近じゃ、古代文明語を解読したなんて噂もあるわね。本人は教わったとか言ってるみたいだけど、誰が教えられるんだって話よね」

……なんというか、とても心当たりがあるぞ。その教えた人。

多分、ミレイの目の前にいる幼女だ。

「でも、デシバトレに来てるって話は聞かないわよ？　連絡っていっても……」

「だから、これを使う」

俺は言いながら、アイテムボックスから通信機を取り出した。

「……まさかそれ、通信機？」

「ああ。ただ、魔力が――」

「ふりょうひん！」

リアよ、いくら魔力消費が酷い上に通信時間が短くても、不良品とは酷いじゃないか。

「不良品なの？」

「一応、ちゃんと繋がるぞ。魔力消費が酷すぎて、誰も使わなかったらしいが」

「あー。そういうのがあるって、聞いたことある気がするわね。カエデなら魔力はいくらでもあるし、動かせるってことか」

「いくらでもはないけどな」

言いながら俺は、通信機に魔力を注いでいく。

少しして、何かが繋がるような感覚が来る。それとほぼ同時に、フィオニーの声が聞こえた。

『おっ、カエデ君かなー？』

相変わらず、反応が早い。

「わっ！」

そして、なぜかミレイが驚いていた。ミレイには聞こえていないはずだし、驚くような理由なんてないと思ったが、どうやら聞こえているらしい。


『通信機って、こんな感じなのね。初めて使ったわ……』

リアの仕業だろうか。

『んー？　知らない声が聞こえるなー……』

『ミレイも、つなげた！』

正解のようだ。まあ、候補が他にいないのだが。

『それ、普通は無理だからね？　それでミレイちゃんは、デシバトレの人かな？』

『ああ。俺達のパーティーの――』

『常識人枠よ』

『古参デシバトレ人枠だ』

ミレイを常識人扱いするのは、色々と無理があるぞ。

家の一階にドアがない都市のどこに、常識があるというのか。

『なるほどー。うんうん。確かにカエデ君達には、常識人枠が必要だよねー。よしミレイちゃん、カエデ君達を任せた！』

『任されたわ！　主にリアちゃんを！』

……異論を挟む間もなく、不本意な合意が形成されてしまった。

この話題を続けても不毛な気がするので、本題に入ることにする。

『それでフィオニー、デシバトレでちょっと色々あって、滞在が延びることになった』

『まあ、そうなるよねー。デシバトレが制圧直後の忙しい時期に、カエデ君を手放す訳ないしー。……延長は、一ヶ月くらいかなー？』

『ああ。一ヶ月だ』

まあ、今決まっているのが一ヶ月だというだけで、延長がないとは限らないのだが。

『おー。デシバトレのお引っ越しって、そんなに早く終わるんだねー』

『……移築のこと、フィオニーに話してたか？』

俺が移築の件を聞いたのは今日だし、知りようがないと思うのだが。

『ギルドの人から聞いたんだよー。色々あって、私もフォトレンに来たんだー。メルシアちゃんもいるよー』

『二人が抜けたら、オルセオンが大変なんじゃ……』

『ちゃんと代理を立ててるし、メルシアちゃん謹製のマニュアルもあるからねー。緊急時には、ギルドの通信網を借りられることになったし、オルセオンは大丈夫だよー』

ギルドの通信網を借りられるのか。

俺がいない間に、商会は謎の権力を握っていたようだ。これなら、よほどのことがない限りは大丈夫だろう。

ただ、問題があるとすれば。

『「新世代の篝火」から、妨害とか受けてないか？　俺の関係で狙われたり……』

どうやら俺は、『新世代の篝火』に敵対視されているようだからな。

俺と関係があるという理由で、向こうが商会を攻撃される可能性があるのだ。

『あ、それは大丈夫だよー。っていうか、むしろ逆みたい』

『逆？』

『オルセオンとかフォトレンのあたりは今、とっても平和なんだよー。カエデ君を避けてるんじゃないかって、ギルドの人が言ってたよー』

『……あたりはってことは、他ではまだ事件が起きてるのか』

デシバトレで船を沈めて、ある程度は勢力を削れたと思ったのだが。

『オルセオンみたいに派手なのはないけど、割と起きてるねー。カエデ君が捕まえた犯人の尋問が進めば、本拠地が分かるかもしれないけどー、もうちょっと時間がかかりそうだってさ』

『「新世代の篝火」については、そっちの結果待ちか。……今が平和だからって、油断はできないけどな』

油断させておいて、突然大戦力を投入して潰しに来る可能性もあるのだし。

『気をつけるよー。あっ、メルシアちゃんが何か話したいみたいだから、ちょっと代わるねー』

フィオニーがそう言ったかと思うと、一瞬、何かが切れたような感覚があり、メルシアの声が聞こえ始める。

『メルシアです。えーと、聞こえていますか？』

どうやら向こう側では、二人以上同時に使えないようだ。まあこちらも、話しているのは実質俺だけなのだが。

ちなみにリアは俺達の話を聞くのに飽きたらしく、何やら魔法をこねくり回して遊び始めたようだ。

『聞こえてるぞ。メルシアもフォトレンにいるみたいだが、話したいことはその関係か？』

『ご明察です。フォトレンに来た直接の理由は、薬師ギルドとの交渉なのですが……最近、デシバトレ付近にズナナ草が大量発生したと聞いて、それを活用できないかと思いまして』

『ズナナ草、足りてないのか？』

『初めから足りていないと言いますか、供給が需要に全く追いついていないので、いくらでもほしいというのが現状です』

なるほど。あればあるだけ使うという訳か。

『でも、デシバトレの物価だと、値段が大変なことになるぞ？　俺達が集めるにしても、人海戦術に比べればペースは劣るし……』

『ええ。ただ、ブロケンが封鎖できたなら、カエデさん達の力でブロケン－フォトレン間の魔物を全滅させれば、一般人でも立ち入れるのではと思いまして』

『むり！　ひろいよ！』

『でも、カエデさんなら……』

『メルシアは俺を何だと思っているんだ』

いくら何でも無茶だ。

どのくらい無茶かというと、倒せと言われなくても魔物と戦いに行くリアが、無理だとツッコミを入れるレベルの無茶だ。

というかそもそも、無理にデシバトレでやる必要はないかもしれない。【静寂の凍土】を使った後の土地は例外なくズナナ草原になっているのだから。

『なあ。無人島とかないのか？』

『無人島ですか？』

『ああ。例の魔法でズナナ草畑にして……いや、たまたま何かの自然現象が起こって、島が偶然氷漬けになったりしても、誰も困らないような無人島だ』

『えっ、まさかカエデ、亜龍を倒した魔法って、乱発できるの？　あれって伝説上の人物が、命を捨てたり削ったりして使うような魔法よね？』

俺が提案したところで、ミレイが慌てたような声で口を挟んできた。

『まえも、つかってたよ！』

『乱発は無理だけど、時々は使えるぞ。あと、魔力は削れるけど、命は削れないな』

『……カエデが一人いれば、国とか簡単に滅ぼせるんじゃないかしら……』

『滅ぼせないし、滅ぼさないぞ。それで、無人島はどうだ？』

『ズナナ草の件はほとんど国策みたいなものなので、言えばすぐに許可が出ると思います。申請しておきましょう』

国策か。知らない間に、話がどんどん膨らんでいるようだ。

『私からは以上です。通信時間を長引かせてしまいましたが、魔力は大丈夫ですか？』

言われて確認してみると、魔力が大分減っていた。

まだ大分残ってはいるが、あまり使いすぎると何かあった時に困るかもしれない。

『特に何もないなら、そろそろ切った方がよさそうだ』

『はい。ご武運を』

＊

——翌日。

「今日も、建物の移築か……」

「まあ、しばらくはそうなるわよね。たった一ヶ月で、ブロケンを街にするって話だし」

「リアたちは、たたかう！」

俺達は今日も、建物の移築に参加することになっている。

予定の場所に向かうと、そこにはすでに解体班の面々が集まっていた。

「よし、来たな！　移築作業は、今日で終わらせるぞ！」

そして、今月の目標を、今日中に達成するようなことを宣言された。

「そんなに沢山、解体できるのか？」

「解体作業の半分は、夜のうちに終わらせておいたからな。組み立て班も増員したから、カエデがブロケンとデシバトレを往復する間に、残りの作業も仕上げられるって訳だ」

「つまり、俺は運ぶだけでいいってことか？」

「そういうことだ」

そう言って案内された場所には、すでに解体が終わり、パーツ単位で地面に置かれた家……の、材料があった。

昨日は家の形のまま、デシバトレ人が柱代わりになって支えていたりしたが、今日は最初からこの形のようだ。

俺はそれを、アイテムボックスに入るだけ詰め込む。

「じゃあ、行ってくる」

「ああ。頼んだ」

解体班に送り出され、俺達はデシバトレを出発した。

「まもの、いた！」

リアの声を聞いて、俺は周囲を見回す。

どうやら、ギリギリ見えるか見えないかという距離に、魔物が固まっているようだ。

俺はすぐさま魔法を使い、自分の周りに岩の槍を浮かべる。

「えい！」

するとリアがその槍を操作し、遠くへと飛ばし始めた。

遠すぎて当たっているのかを確認するのさえ難しいが、ギルドカードに書かれている討伐数が増えていくところを見ると、ちゃんと倒せているようだ。

「一人でも異常な殲滅力だけど、カエデがいると桁が違うわね……」

「リア一人でも、見える範囲の敵は全滅できるだろ？」

まあ厳密に言えば、リア一人の時でも、使っているのは俺の魔力な訳だが。

リアが俺とあまり離れられないのも、そのせいだし。

「いや、やっぱり火力が足りないみたいよ？」

「にげられる！」

「数が多いと、倒しきる前に射程外に逃げられちゃうのよね。基本は全滅させる前提っていうのが、なんか間違ってる気がするけど」

……などと話している間に、ブロケンに到着した。

昨日運んだ五軒分のパーツはすでに組み上げられて家に変わっている。

そして残りのスペースには、杭やデシバトレ棒などを使って四角く区切られた区画が、沢山並んでいる。

相変わらずデシバトレ棒は、食品としての扱いをされていないようだ。まあ、アレを食品として扱いたくない気持ちは分かる。とてもよく分かる。

「カエデが来たぞ！」

俺達が到着したのを見て、ブロケンにいた冒険者の一人が声を上げる。

「思ったより早かったな。パーツは一軒分ごとに分けて、その辺に置いておいてくれ。区画に合わせて、あとで適当なのを選ぶからな」

「分かった。……区画ってもしかして、そこらにある四角いののことか？」

「ああ。検討に検討を重ねて作られた、新ブロケン都市計画の賜物だぞ。……それが、どうかしたか？」

確かに、今のブロケンにある四角い囲いは、一目見ただけで建設予定地を表していると分かるものだ。

しかし問題は、その分け方だ。明らかに欠陥がある。それは――

「通り道がないぞ」

「これじゃ、あるけないよ！」

新ブロケン都市計画とやらには、道が存在しないのだ。

ところどころに隙間はあるが、それらはほとんどが途中で家によって寸断されており、道としての用をなしていない。リアでさえ見た瞬間に気付くレベルの、極めて分かりやすい大問題だ。

それだけならまだいい。いや、全くよくないが、仮にいいとしよう。

全方位を隙間なく囲まれ、一切の進入ルートが見当たらない区画がある。

「ああ。確かに通り道は見当たらないな。素晴らしいだろう？」

「修正が必要だと思うんだが」

「もちろんだ。区画の大きさには少し余裕を見ているからな。実際には、様子を見ながらもう少しだけ詰めて……」

「いや。それ以前に、もっと根本的な部分を見直すべきだろ」

「何を言う。これぞ完成された、完璧な配置だ」

会話が成立していない……。

「確かに、道がないわね……ああ、そういうこと！」

俺がどうしたものかと考えていると、ミレイが何かに気付いたようだ。

「何が、そういうことなんだ？」

「こうしておけば、外壁が破られても家が壁になって、魔物に回り込まれることがなくなるわ。昔のブロケンも、そんな感じの構造をしてたとか聞いたわね」

「……でも、家に入れないぞ？」

入れない家を作るくらいならば、普通に外壁を厚くした方がまだマシだと思うのだが。

あと、外壁を二重にするとか。……二重化に関しては、すでに計画がありそうな気もするな。

「まあ、多少の改造は必要ね。例えば、屋根にドアをつけるとか」

「二階から入ったと思えば、今度は屋根か……」

入り口が、どんどん高くなっていく。

あと五年もすれば、煙突から家に出入りするようになっているのではないだろうか。

「ああ。そういう心配をしていたのか」

冒険者が、やっと気付いたとでも言うように声を上げる。

「大丈夫だ。屋根の上が通りやすいよう、段差は二メートル以内にとどめる予定だからな。見張り台からの死角も少なくなって、『新世代の篝火』なんかに潜り込まれることもなくなる。一石二鳥だな」

なるほど。素晴らしいじゃないか。完璧な配置だ！

「じゃあ、次の部品を運んでくる」

「おう！」

――それから俺達は、ひたすらブロケンとデシバトレを往復し、部品を運び続けた。

今日は組み立て班の人数も多く、家は運んだ端から組み立てられていき……。

日が暮れる頃、最後の一軒が組み上げられ、街としてのブロケンが完成した。

「これで、最後だ！」

「本当に、二日で街ができちゃったわね……」

「デシバトレにあった街を、移築しただけだけどな」

「でも、あるきにくそう！」

「それは間違いない」

そもそも『歩く』という表現が正しいのかどうかさえ微妙……いや、絶対に間違っているな。

今のブロケンは、確実に世界で一番バリアフリーからかけ離れた街だ。

なにしろ、隣の家に移動するために、自分の身長より高い壁を乗り越えなければならないのだから。当然、梯子などない。用意しようと思えばできるだろうが、今のブロケンに、それが必要な者はいないはずだ。

「よし、宴会やるぞ！　酒場はどこだ！」

「カエデ達も、もちろん来るよな？」

「見張りは俺達が引き受けるぜ！」

どうやら完成を祝して、早速宴会が行われるようだ。

「そっちだ！　……ああっ、酒場の入り口がふさがってやがる！」

「入り口の移設は、必要になったところからやる予定だったからな……。えーと、この辺なら大丈夫だ。大剣か斧を持ってる奴、任せた！」

「よし！　任された！」

どかっ、ばきっ、という音とともに酒場の屋根が改築（破壊とも言う）され、開けられた穴にデシバトレ人たちが、次々と飛び込んでいく。

「らんぼう！　カエデのまほうみたい！」

「こんなことして、耐久性は大丈夫なのか？」

「その辺は考えてると思うけど、余波だけでもガタが来そうよね……」

あんまりな改築方法に、俺達は揃ってツッコミを入れる。

俺の魔法だって、ここまで乱暴ではないと信じたい。

あと、出力のせいでおかしなことになりやすいだけで、俺の魔法の制御はそこまで酷くないからな？

「確かに、全く心配がないとは言えないな。強度不足で頭が潰れてしまったボルトも、何本かあるし……」

俺達の言葉を聞いて、改築を指示した冒険者は、少し不安そうな顔をする。

それを見て、酒場に入っていた冒険者のうち数人が、屋根の上に戻ってきた。

「だったら、料理を待つ間にでも実験してみればいい話じゃねえか！」

「おっ、デシバトレ式耐久試験か！　手伝うぜ！」

「とりあえず、ガルデンでいいよな？」

「おっ、ちょうどいい棒があるじゃねえか！　行ってくるぜ！」

そして、集まってきた冒険者達は、あっという間にパーティーを編制し、近くにあったミスリル製の棒を一本持って、外壁の外に出て行ってしまう。

「ガルデンが、どうかしたのか？」

「デシバトレ式耐久試験……名前だけは聞いたことあるけど、詳しくは知らないわね」

ミレイに聞くも、よく分からないようだ。

考えてみると、出て行った冒険者達は、デシバトレ人の中でも割と年齢の高い方だった気がする。

デシバトレ式耐久試験とやらは、昔のデシバトレで採用されていた方法なのかもしれない。

などと考えていると、冒険者達が帰ってきた。

持っていったミスリル製の棒に、生きたままのガルデンをくりつけて。

……いやな予感がする。

「よし、ここでいいか？」

「ああ。ばっちりだぜ！」

予感は的中した。

冒険者達は手近な空き地を見つけると、ガルデンを縛っていた縄を切り、ガルデンを解き放ったのだ。

しかもガルデンは怪我をしないように捕獲されていたらしく、空き地の中で暴れ回り、周囲の建物に突進を繰り返す。

ガルデンがぶつかるたびに建物は轟音を立てるが、崩れることはなかった。

逆に、分厚いミスリル鋼板に頭をぶつけ続けたガルデンはダメージを受けてしまったようだ。ＨＰが少し削れ、足取りもふらついている。

「デシバトレ式耐久試験って……」

「おお、がんじょう！」

「これは酷い……」

あきれる俺達を尻目に、冒険者達はガルデンをもう一度縛り上げ、別の空き地へと放り込んでいた。

ガルデンが弱ってくると、新たなガルデンが捕獲され、代わりに投入されるようだ。

……うん。とても実戦的な試験だな。失敗すると色々と大変なことになりそうだが。

「よーし、飯ができたぞ！」

「この実験、見てなくて大丈夫なのか？」

「そっちはベテラン達に任せておけば大丈夫だ。たとえ変な場所で暴れ出しても、ガルデン一匹に負けるデシバトレ人はいないからな。それに、例の薬もある」

例の薬というと、ズナナ草精製液から作った奴のことだろう。

確かにあれがあれば、致命傷まではセーフだからな。即死はダメだが。

「あの薬……エターナルエナジー極限ハイパーエンハンスド回復薬は他の都市にも回したいから、無駄遣いは避けろって言われてただろ」

『例の薬もある』の部分を聞いて、別の冒険者が声をかけてきた。

前半部分は何を言っているのかよく分からなかったが、なんだか長い単語が聞こえた気がする。

「エターナル……何だって？」

「エターナルエナジー極限ハイパーエンハンスド回復薬だ。薬師ギルドがつけた、この薬の正式な名前らしいぞ」

その発言を聞いて、俺達は顔を見合わせた。

「ながいよ（わよ）！」

「とりあえず、改名した方がいいな」

「俺もそう思う」

しかし、やっぱりエターナルエナジー極限ハイパーエンハンスド回復薬《ダサくて長い名前の薬》、不足してるんだな。

増産を急いだ方がいいかもしれない。

「まあ、とりあえず食おうぜ！　早くしないと、他の連中に食い尽くされちまう」

「そうだな」

こうして俺達は、ガルデンが壁に激突する音が響く中、宴会を楽しむことになった。

ちなみにデシバトレ式耐久試験の結果は、良好だったようだ。

＊

それから、数日後。

予定より早く街が完成したおかげで早めに時間ができたため、俺達はメルシアやフィオニーと会うべく、フォトレンへと向かっていた。

「……なんか、平和だな」

「まもの、すくない」

「新しい魔物が入ってこないと、あっという間に減るのね……」

使っているルートは変わらないのだが、以前のデシバトレ－フォトレン間と比べて、魔物があまりにも少ない。

「この数なら、普通の人でもズナナ草を採りに来れないか？」

「それは無理よ。デシバトレにいると感覚がおかしくなってくるけど、ガルデンとかでも、村くらいは簡単に滅ぼせるのよ」

「じゃあ、俺とかリアが護衛につけば……」

「二人が護衛につく前提なら、昔のデシバトレでも飛行型以外はセーフよ。参考にならないわ。それにカエデは、そんなに暇じゃないでしょ？」

……確かに俺も、最近は何だかんだ色々と走り回っている気がする。ズナナ草採りの護衛という訳にもいかないか。

などと話しているうちに、フォトレンに到着した。

魔物が少ないせいで、距離まで短く感じるな。

「さて。メルシア達を探すか」

フォトレンに入った俺は、まずアイテムボックスから通信用の魔道具を取り出した。

少しの後、大量の魔力を食いながら、魔道具が起動する。

『おっ、カエデ君！　もう着いたのー？』

『ああ。魔物が少なかったせいで、到着が少し早くなったな。……もう少し遅い方がよかったか？』

『いやー。メルシアちゃんが「カエデさん達なら、一瞬で到着してもおかしくありません！」とか言うもんだから、昨日までに準備は終わらせといたんだー』

メルシア、グッジョブ。

『準備って、船の手配とかか？』

『船とか、魔道具とか、島を好きなように使う許可だねー。あと、海図もかな？　軍事機密がどうとかで普通は手に入らないんだけど、一部を写したのを無理矢理引っ張ってきたみたいだよー』

無理矢理って……。

『ってことで、東側の港ら辺に新しい支店ができたから、そこで待ってるよー』

『支店？』

『薬師ギルドの近くにあると色々便利だから、新しく作ったんだー。あ、こっちこっちー』

「フィオニー、いた！」

リアに言われて気付くと、フィオニーはすでに俺から見える場所にいて、建物の前で手を振っていた。

建物の看板には、『メイプル・メルシア商会　フォトレン支店』と書かれている。建物の雰囲気を見る限り、元々あった建物を買い取るとかしたのだろう。

壁が木でできているのを見て、一瞬だけ違和感を覚えたが、ここはデシバトレではない。別にガルデンの突進に耐える必要はないのだ。

「お久しぶりです、カエデさん、リアちゃん。初めまして、ミレイさん」

俺達が到着したことに気付くと、メルシアも支店から出て来た。

「あなたがメルシアね。常識人が増えて助かったわ。このパーティーにいると、自分の常識が壊れてきそうで……」

「分かります！　常識的にあり得ないことが、さも当然のごとく起きますからね！　この間なんて――」

そして出会って十秒ほどで、ミレイと意気投合していた。

納得いかない。

「それで、今日はズナナ草畑の下見に行くんだったか？」

「はい。船の手配はもうできていますが、早速行きますか？」

「そうしよう」

「じゃあ、船長さんを呼んできますね」

五分ほどで戻ってきたメルシアに連れられ、俺達は港へ向かう。

そこに待っていたのは、全長八メートルほどの小型船だった。少し離れた場所に、なんだか見覚えのある大型船（この世界の基準で）もある。

小さい船の船室に俺達が、操縦室に船長が乗り込むと、船はすぐに港を出発した。

「この辺の海って、ボートキラーとかいるよな？　このサイズの船で大丈夫なのか？」

「船底は分厚い金属板なので、ボートキラーは問題ありません。デシバトレに近付きすぎると飛行型魔物が怖いですが、今回は大丈夫なようにルートを作っていますから」

「クラーケンとかが出てきたら、割と簡単に沈んじゃうけどねー」

「縁起の悪いこと言わないでください。クラーケンなんて、ここ二十年は目撃報告もありませんし、出てきてもカエデさんがなんとかしてくれます。……ですよね？」

なんとかしろ、と言われても困る。俺がこの世界にクラーケンがいることを知ったのは、たった今なんだが。

クラーケンというと、地球でも物語なんかに登場していた、巨大なイカだよな。

巨大な相手って、戦いにくいんだよな……。

「出ないことを祈ろう」

この台詞って、クラーケン登場フラグなんじゃないだろうか……などと考えながらも、俺は返事をする。

「そういえば港にもう一隻、でかい船が泊まってたよな？　なんか見覚えがある気がしたんだが、あれって何の船だ？」

船の上に、さらに荷物として船を積んでも大丈夫そうなほど大きかった。

あの船なら、クラーケンが出てきても普通になんとかなりそうな気がするぞ。建造費が大変なことになりそうだが、誰が何のために使っているのだろう。

「港の、私達から見て右側に泊まっていた船ですか？」

「ああ。ちょっと遠くに泊まってた、金属製っぽい奴だ」

「見覚えも何も、カエデさんの船じゃないんですか？　使わないなら、買い取らせていただこうと思っていたんですが……」

「えっ？」

俺には船を建造した覚えも、購入した覚えもないんだが。

「ギルドの方は、そう言っていましたよ？　あんなに大きい金属船なのに、軍旗も大手商会のロゴもついていないので、私も不思議に思って聞いてみたんです。機関部は壊れているとの話でしたが

「……」

「あっ、例の船か！」

機関部が壊れた、というところで、あの船に見覚えがある理由を思い出した。

あの船は、『新世代の篝火』がデシバトレを攻撃したあと、潜水艦を積んで逃げようとした際に使っていた船だ。

俺が連中を倒した後、船はまず調査のため、ギルドに引き取られたという話だが、この国のルールからすると、所有権は俺にあるはず。

『新世代の篝火』の件は色々と特殊なので、扱いが違う可能性もなくはないが……ギルドの人が言っていたのなら、ほぼ間違いはないだろう。

「ギルドの調査が終わった後なら、好きに使っていいぞ。金は別に――」

「それはダメです」

「じゃあ、俺の出資額にでも追加しておいてくれ」

「分かりました。もう随分と利益が出たので、一部を配当としてギルドに預けておきました。フォトレンギルドでなら、いつでも受け取れると思います」

あんなに大きい建物を買って、俺にまで配当を出せるのか。

金に困っている訳ではないが、利益の額が気になってくるな。

「ちなみに、いくらだ？」

「一千万テルです」

一千万というと、商会を立ち上げる時、俺が出資した額と同じだな。

「一千万も利益が出たのか？」

「いえ、カエデさんに出す配当が一千万テルです」

「……マジで？」

「マジです。ちなみに資金の大部分はまだ増産のために残してあるので、配当は利益のうちほんの一部です」

メルシアは真顔でそう言う。冗談で言っている雰囲気など微塵もない。

俺も一応、生産量と薬につく値段を予想し、ごく大雑把に利益を計算してみるが……確かに、膨大な利益が出てもおかしくない気がしてきた。

この薬から得た資金で、メイプル・メルシア商会が巨大グループ企業になったりしても不思議ではないほどだ。

なんだか、とても恐ろしい薬を開発してしまった気がする。

しかも、増産するのか……。

「商会の決算書を見たフィオニーさんも、今のカエデさんと同じような顔をしていましたね……カエデさんも見ますか？」

遠い目をする俺を見て、メルシアが聞いてくる。

「……遠慮しておく」

知らない方が幸せなことも、この世には沢山あるのだ。

「あっ！　まもの！」

俺とメルシアの話が一段落ついたところで、フィオニーと話していたリアが、唐突に声を上げた。

どうやら、魔物の魔力でも探知したらしい。

「魔物!?　どこですか!?」

「ちょっ、それはまずいよー。カエデ君、なんとかして！」

魔物と聞いて、船の中は一気に騒がしくなる。

しかし、周囲には魔物はおろか、鳥一匹見当たらない。

今俺達は、船の中にいる。魔物がいるとしたら、空か海だ。

空に魔物は見当たらない。だとしたら海——

「まさか、クラーケンじゃないよな？」

フラグなんて、回収しないでいいんだぞ。というか絶対に回収しないでくれ。フリじゃないぞ。

「ちがう！　あっち！」

言いながらリアは、水平線付近にごく小さく見える島を指した。

俺も目を凝らして島を観察するが、遠すぎてよく見えない。

【情報操作解析】で見る限り、島全体が魔物などという、最悪のパターンではないようだが……。

「この距離で分かるってことは、かなり強い魔物か？」

「うん！　でも、そらは、とばなさそう！」

俺の質問に、リアは元気よく答えた。

それを聞いたメルシアと俺は、顔を見合わせる。対応はすぐに決まった。

俺とメルシアは操縦室に向かい、船長に告げる。

「船長さん、あの島を迂回してください」

それを聞いた船長は、怪訝な顔をした。理由を説明せずにルートを変更しろなどと言われれば、それも仕方がないか。

「あの島には、強い魔物がいるらしいです。飛行系ではなさそうだから、少し距離を空ければ大丈夫でしょ」

俺が理由を説明するが、船長の表情はあまり変わらない。

「え？　迂回するのは問題ありませんが……じゃあ、どこに向かうんです？」

「目的地は変わりません。海図に印がつけられている島です」

「あそこに見えるのが、その島なんですが……」

……なるほど。いきなり目的地を迂回しろと言われれば、怪訝な顔にもなるな。

「……いったん、フィオニー達と相談するか」

「そうですね。カエデさん達がいれば、倒すこともできそうですし」

どうやら、迂回して終わりというほど、簡単な話ではなかったようだ。

「あの、俺はどうすれば？」

操縦室を出ようとする俺達に、船長が質問した。

船長の顔には『引き返してもいいですか？』と書いてある気がするが……まだ引き返すと決まった

訳ではない。

「とりあえず、そのまま進んで……目的地の一キロ手前で止まってください」

「……止まる時、引き返す準備をしていてもいいですか？」

「それはお任せします」

「分かりました！　全力で準備します！」

言いながら、大慌てで船に積まれていた魔道具を操作し出した船長を置いて、俺達は船室へ戻る。

「結局あの島は、回避するんだよねー？　燃料足りるー？」

「えー！　たたかおうよ！」

戻ってきた俺達に、ミレイとリアが声をかけてきた。

「いや。実はあの島が、目的地らしくてな……どうすればいいと思う？」

「たたかう！」

「んー。とりあえず殴り込んでみて、ヤバそうなら逃げるのはどうかなー？　カエデ君達なら、倒しきっちゃう気がするけどねー」

「そうですね。ミレイさんもいることですし」

リアは当然としても、フィオニーやミレイまで突撃に賛成のようだ。

慎重な意見を言う者が、一人もいない……。

まあ確かに、逃げることすらできない状況は、あまり想像できないよな。

「よし。とりあえず行ってみるか。ミレイはリアの護衛を任せた」

「任せられ……たいところだけど、どうやって行くの？　接岸は無理よね？」

確かに接岸は無理だが、移動に接岸は必要ないだろう。たかだか一キロだ。

「魔法を使って、泳ぐ」

「みずのうえを、とぶ！」

「どっちも無理よ！」

無理だと？

リアみたいに飛ぶのはともかく、泳ぐのは問題ないと思うが。

距離だって、せいぜい一キロだ。デシバトレ人が体力切れ云々を心配する距離ではない。

となると、もしかして――

「ミレイ、泳げないのか？」

「泳げるわよ！　そうじゃなくて、ここの海……ボートキラーとか、普通にいるわよね？」

「いるな」

「『いるな』じゃないわ！　そんな海を泳いで移動できるのなんて、カエデくらいよ！　上を飛ぶのは何人かできなくもないけど……対岸に渡りきった頃には、まともに戦える魔力量じゃなくなってるわね。要するに無理よ」

……なるほど。確かに、魔法などで身を守っていないと、ボートキラーのいる海を泳ぐのは少し厳しいかもしれない。

水に入っていると、槍で戦うのも難しいからな。

だが、それが理由なら対処は簡単だ。

「要は、水から出てればいいんだよな？」

フォトレンでボートキラー狩りをやった時、ミレイ達はわざわざ海で血抜きをしてまでボートキラーを集めていたが、ちゃんと対処して打ち落とせていた。

槍が振るえる環境でありさえすれば、問題ないはずだ。

「ええ。あまりに重心が安定しないと、ちょっと大変かもしれないけど……」

「なら、こうしよう」

俺は船室を出て、アイテムボックスから数本の木を取り出す。

デシバトレで切った木の中で、比較的状態のよさそうなものだ。

それらを適当に組み合わせ、イカダのようなものを作る。

ミレイ達が作っていたものに比べると、やや地味な仕上がりだが……一人乗りなら、及第点だろう。

デシバトレの木は、忌々しいほど耐久性が高いのだ。材木としての寿命は短いが。

「よし。できたぞ」

俺が宣言すると、ミレイはイカダを蹴ったりねじったりして強度を確かめる。

「これなら、足場にはなるけど……推進装置がないわ」

「だったら漕げば……いや、この方がいいか」

今回は人数が少ないので、漕ぎながら戦うというのは流石に厳しいだろう。

何かないかとアイテムボックスを見てみると、ちょうどいい太さの頑丈そうなロープが入っていたので、俺はそれを二つ折りにし、一方の端をイカダに結びつける。

「こうやって、俺がイカダごと引っ張る」

「それなら、問題なさそうね！　スピードを出しすぎると転覆が怖いから、気をつけるのよ」

「おー！　たのしそう！」

これで、上陸作戦の障害はなくなった。

あとは島に乗り込んでからのお楽しみだ。

「えぇ……」

「メルシアちゃん、あれはデシバトレ基準だから、真似しちゃダメだよー？」

「しませんよ！　私を自殺志願者扱いしないでください！」

……非デシバトレ人組との温度差が凄い気がするが、気にしないでおこう。

それから少しして、船が止まり、向きを変え始めた。

船長に確認すると、目当ての島まで一キロの距離に来たようだ。

ここまで来ると、もう島が簡単に目視できる。

「まもの、おおいねー」

「流石にちょっと、多すぎじゃないか？」

「ここまで酷いのは、デシバトレでも見なかったわね……」

甲板に出てみると、島の上の――少なくとも見える範囲は、魔物で埋め尽くされていることが分かった。島全体が、魔物の群れのような有様だ。

流石に足の踏み場もない、という状況ではないが……あそこに適当に石を投げたら、地面に落ちるより魔物に当たる確率の方が高い気がする。

「うわぁ……これは酷いねー。島が小さくなっても、魔物の数はそのままだったりしたのかなー？」

「島が小さくなっても？」

どういうことだろうか。甲板から出てきたフィオニーの発言に、俺は質問を返す。

「そのままの意味だよー。この辺の島って、昔はもっと大きかったんだよー」

「海水面が上がったり、陸地が沈んだりして、陸地が減ったってことか？」

地球でも、そんな感じの島は結構あったはずだ。

ハワイとかも、少しずつ沈んでいるらしいし。かかる時間は桁外れなのだろうが。

「そうそうー。よく知ってるねー。　知り合いに他の学者さんでもいたのかなー？」

「学校で……いや、なんとなくそう思っただけだ。……まあ、数は多いが、この質ならなんとかなるだろ」

「そうね。よしカエデ、頼んだわ」

そう言いながらミレイが、俺の作ったイカダを海に投げ込み、その上に飛び乗った。

早速ボートキラーが一匹飛びかかってきたようだが、手に持った槍で撃墜していた。

「よし。任せろ」

俺も海に飛び込み、ミレイの乗ったイカダのロープを掴む。

早速数匹のボートキラーが集まってきたが、俺が水中に炎魔法を叩き込むと、水中にいたボートキラーも含めて十匹ほどが浮いてくる。

ボートキラーは美味しい食材なので、もちろん回収だ。

リアが船から下り、水面の少し上に浮かんだのを確認して、俺は加速魔法を発動した。

「ちょっと、速すぎじゃない？　魔力は大丈夫？」

「この魔法は、意外と燃費がいいんだ」

グングン加速していくイカダに乗るミレイが、心配そうに聞いてくる。

地上では過剰な推力を持ち、基本的にどこかに激突して止まる加速魔法だが、やはり水中だと使い勝手がいい。

ボートキラーも速度についてこられないのか、襲いかかってくる数が極端に減っていた。

あっという間に島が近付き、魔物が射程圏内に入る。

「よし、いったん止まるぞ」

イカダを止めた俺は、水中に炎魔法を撃ち込んで周囲のボートキラーを処理してから、イカダの上に上る。

空中にいたリアも、イカダに戻ってきた。

「とりあえず、上陸地点の魔物を蹴散らそう」

「おー！」

「じゃあ、私はボートキラーが来ないか見張ってるわね」

いつも通り、俺が大量に並べた炎魔法（今回は火事が起きてもあまり問題ないので、岩の槍より使い勝手がいい）をリアが操り、正確に魔物へと撃ち込む。

島にいるのはガルデンやブラックウルフといった、デシバトレの中で下位～中位程度の魔物なので、魔法が当たった魔物は即死だ。

遠距離での殲滅線において、この方式は無敵だったはずなのだが……今回は、数があまりに多すぎた。

順調に倒せているはずなのに、次々と魔物が押し寄せてきて、全く減っているように見えない。

「これ、減ってるか？」

「減ってるけど……いくらでも湧いてくるわね」

魔物を一匹ずつ倒していくやり方では、倒しきる前に日が暮れてしまうだろう。

「……ちゃんと狙うのは諦めて、適当に爆撃するか。リアは生き残った奴を頼む」

「むー……わかった」

リアの制御は正確だが、扱える魔力の量が少ない。

周囲への被害を気にしないでいい状況では、俺が自分で使った方が早い気がする。

「じゃあ、行くぞ」

俺は刃杖を構えると、今までリアに扱える程度にとどめていた炎魔法の出力を、一気に全開まで高める。

そして数秒間かけて一発の炎魔法に魔力を込めて放った。

魔法の威力は、予想以上だった。

着弾すると同時に爆発した魔法は、一瞬で周囲一帯をクレーターと焼け野原に変え、魔物を吹き飛ばした。

今の一撃で、百匹は軽く倒せたのではないだろうか。

「なんか、魔法の威力が大分上がってないか？」

「いりょくが、おかしいよ……」

「カエデ、最近本気で魔法を使ったことは？」

飛びかかってきたボートキラーを岩の槍で打ち落としながらの質問に、俺は少し考える。

「考えてみると……ないな」

最近は、強力な魔物相手では詠唱魔法を使うことが多かったし、普通の魔物にはリアの操作できる魔法で十分だったので、俺が全力で魔法を使う機会がなかった。

知らない間に、俺の魔法の出力は大分上がっていたようだ。

「まあ、これで大分やりやすくなったな。相変わらず魔物は沢山いるから、どんどんいくぞ」

言いながら俺は、さっきと似たような炎魔法を連続で生成し、島へと打ち込んでいく。

乗っているイカダが揺れるせいで、着弾地点が狙いから一メートルほどずれることはあるが、魔法の効果範囲が広いので、あまり影響はない。

ほんの十分ほどで、俺達の乗ったイカダから見える範囲で島はクレーターだらけになり、魔物は見当たらなくなった。

可燃物も全て吹き飛んでしまったので、火事が起こることもない。鎮火を待つ必要すらなく、島に入れるだろう。

「さて、乗り込むか」

「もうこれ、カエデ一人いればいいんじゃないの……？」

「たぶん、だいじょぶ？」

「いや。島に乗り込んで終わりって訳じゃないからな？」

これからの作業は、できれば一人ではやりたくない。

特に、ミレイがいると大分楽になるというか、安全性が増すだろう。

「そういえば聞いてなかったけど、島に入った後はどうするの？　どうせ島の中も、魔物だらけよね？」

「とりあえず、島の中心あたりを目指す。そこで【静寂の凍土】を使えば、島全体を範囲に入れられるはずだ」

メルシア達が乗っている船は、島から一キロより近くには入らないことになっているので、多少位置がずれても、巻き込んでしまうこともない。

「【静寂の凍土】って、例の魔法の名前？」

「あ、それは一応自然現象ってことに……うん、もうそれでいいや」

ミレイ相手に取り繕う意味も、あまりないし。

「ただあの魔法、発動に割と時間がかかる上、発動の準備を始めると自分の身すら守れなくなるんだ。リアも魔法が使えなくなるから、実質戦えるのはミレイ一人になる」

「まあ、そのくらいの制約はあって当然よね。ちなみにその準備、何分くらいかかるの？」

「一分はかからないぞ。かなり急いで詠唱するとして……二十秒弱ってとこかな。ちなみに俺から離れすぎると問答無用で凍ることになるから、半径三メートル以内で頼む」

それを聞いてミレイは、なぜか何かを諦めたような顔になり、それから呟いた。

「に、二十秒ね。全く問題ないっていうか、短すぎる気がするんだけど……」

「慣れてきたからな。島の真ん中にたどり着かないと話にならないし、とりあえず進むぞ！」

宣言しつつ、俺は前方にさっきと同じような炎魔法を連続して放つ。

これだけ魔物が多いと、木の陰からの奇襲に対応するのが難しくなる。

だったらあらかじめ焼き払って、通り道を更地にしておけばいい。

どうせ後で凍らせる土地だ。多少燃やしたり吹き飛ばしたりしたところで、大した違いはないだろうし。

「近くで見ると、余計に非現実的な光景ね……」

ミレイが何か言っている気がするが、魔法の爆発音にかき消されて聞こえなかった。

「よし、どんどん進むぞ」

魔法で道を開くとはいっても、海の上から一方的に攻撃した時のように、見える範囲を全て焼き払うほど時間の余裕はない。

魔物が多いのは島全体の話らしく、放っておくとどんどん魔物が出てくるのだ。

これではきりがない。

出てくる魔物をリア達に任せ、俺が木々を焼き払うペースに合わせて、俺達は島を進んでいく。

そして、少しの後、俺達は島の中心に到着していた。

「あ、暑い……」

「誰のせいよ、誰の」

「魔物のせいだ」

詠唱の邪魔をされないよう、周囲は割と広めに切り開いたのだが、炎魔法を乱発したら、随分と気温が上がってしまった。

「まほうつかえば、すずしいよ！」

……確かに、リアの近くにいると、少し涼しい気がする。

冷房みたいな魔法まであるのか。便利なことだな。

「分かってると思うけど、真似しちゃダメよ。カエデのパワーでそんなことしたら、全員凍え死ぬから」

「加減すれば、せいぜい肌寒いくらいで済むと思うんだけどな……。まあ、別の魔法で涼しくするか。

リア、周囲に強い魔物はいないか？」

「いない！」

「ミレイの準備は？」

「いつでも大丈夫よ」

周囲には相変わらず次々と魔物が現れるが、ミレイによる討伐は追いついている。

これなら、普通に詠唱できるだろう。

考えてみると、今まで【静寂の凍土】を詠唱した状況の中では、恐らく今が一番安全だ。

今まで、どれだけ酷い状況で詠唱してたんだという話だが。

「魔導結晶への接続を要請」

俺が詠唱を始めると、『魔導結晶・接続用分体』が青白い光を発し始める。【静寂の凍土】の冷却時間が終わっていることは、事前に確認済みだ。

《我が魔力の全てを魔導の結晶に委ね、意思と言葉によって魔導の結晶を制御する》

《力を削り、熱を奪い、理《ことわり》の外に放逐せよ》

《余波をねじ伏せ、歪みを正し、大地の胎動を鎮めよ》

《術式によって世界を変革し、この地に一時《ひととき》の静寂をもたらせ！》

妨害を受けることもなく一気に詠唱を終わらせると、魔法が発動し、周囲一帯が氷に包まれる。

亜龍にブレスを吹きかけられそうになることも、天井から落ちてくる岩に潰されそうになることもなかった。

「ああ、平和だ……」

「この光景を見て、よくそんな感想が出てくるわね……」

「へいわ……？」

話をしながらも、俺はアイテムボックスから通信用の魔道具を取り出し、魔力を注ぎ込む。

相変わらず【静寂の凍土】は燃費が悪いが、魔力が増えたおかげで、通信に使える程度の魔力は残るようになったのだ。

『おっ、カエデ君だねー。島が凍ったのが見えたけど、あれはカエデ君が島を制圧したってことでいいのかなー？』

『ああ。戻るのは、もう少し経ってからだけどな』

流石にこれだけ魔物の死体だらけだと、放置して帰るのはもったいない。

目の前に、魔石の山があるようなものなのだから。

『おつかれさまー！　もう少し経ってからっていうのは、魔物の回収かなー？』

『デシバトレにもいる強さの魔物だからな。食用には向かないって話だが、素材にはなるだろ』

『船から見えた魔物だけでも、家が建つんじゃないかなー？　荷物が多かったら、船で運ぶけど……いらないかな？』

『多分、なんとかなる』

『分かったー。じゃあ、また後でー』

フィオニーとの通信を切った俺は、早速周囲の魔物をアイテムボックスに収納し始める。

そこで俺は、この島の本当の恐ろしさを思い知ることになった。

魔物の死体が、いつまで経っても減らないのだ。

イカダから見える魔物をリアが倒している時には、まだなんというか、僅かずつ魔物の密度が落ちている感じはあった。恐らく一時間くらいやれば、目に見えるくらい減らせたのではないかと思う。

だが今は違う。

すでに一時間も魔物を拾い集め、合計で千七百匹ほどの魔物を収納したにもかかわらず、全く終わりが見えない。ちなみに、千七百のうち千匹以上はガルデンだ。せめてバリエーション豊富であってくれれば、多少は飽きが来にくくなったかもしれないのだが。

「これ、一体何匹いるんだ？」

「知らないわよ。いくらでもいるんじゃないの？」

「まものひろい、あきた！」

「……ちょっと計算してみよう」

地図上のサイズから見て、この島の面積はおよそ三平方キロ。

十メートルごとに魔物がいるとして、一平方キロあたり一万匹になって、その三倍。

少し多めに、一時間で二千匹と見積もって——

「十五時間かかる計算か。……よし、帰ろう」

「そうしましょう。——と言いたいところだけど、死体はどうするの？」

「放っておいたら、自然に分解されて魔石と骨だけ残ったりしないか？」

「それはそれで、もったいない気がするけど……まあ、随分集まったし、いいんじゃないかしら？」

「かえろう！」

あまりの数にうんざりし始めていた俺達の相談は、僅か数十秒でまとまった。

次来る時の目印となる魔道具（アンカーと言うらしい）だけ島に置いて、俺達はそのまま森を駆け戻り、ボートキラー達を蹴散らしながら船へと向かう。

船は俺達が出発した時より、少し島から離れていた気がしたが、問題なく見つかった。

「帰還！」

「ただいま！」

「おかえりー！」

「上手くいったみたいですね！」

俺達が船に乗り込むと、フィオニー達が出迎えてくれる。

「とりあえず、デシバトレの時と同じように処理してきた。これでズナナ草が生えてくるかは……運次第だな」

「私のカンだと、生えてくる気がするけどなー。あ、魔物の方はどう？　全部回収できたー？」

「いや。十分の一も回収しないうちに諦めて、残りは放置してきた。朽ちるに任せて、安全になった後で魔石だけ回収してもらおう」

「えっ！　それ、もったいなくありませんか？　今からでも船をつけて、回収を――」

放置してきた、と聞いて、メルシアがすぐに反応した。

商売人的には聞き捨てならないことなのかもしれないが……回収などと言えるのは、あの数を見ていないからだろうな。

「やめとけ。船が沈むぞ」

言いながら俺は、アイテムボックスから一匹のガルデンを取り出す。

【静寂の凍土】によって完全に凍り付いてはいるが、重さは普通のガルデンと変わらない。

ガルデンが置かれた床が、僅かに沈んだような気がした。

「これは、ガルデン……凄く状態がいいです！　傷が全くないので、何にでも加工できますし……放置しておくなんて、とんでもありません！　この船なら、あと十匹は積めます！　引き返しましょう！」

「いや、十匹どころの騒ぎじゃないぞ。桁が違う」

「百匹？」

「二桁違うな」

「二桁って、いちま……ああ！　なんだ、一匹ですかー。じゃあー、今すぐ回収に——」

二桁と聞いたメルシアは、一瞬呆けた表情になり、それから現実逃避を始めた。口調も乱れて、フィオニーのような感じになってしまった。

だが、メルシアにはこの魔物達を売りさばいてもらおうと思っているのだ。現実逃避されては困る。呼び戻さなくてはならない。

「一万匹の方が、まだ近いぞ。実際は多分三万匹くらいだが、そのうち千匹くらいがアイテムボックスの中にある」

「せん、びき……」

「ちなみに、ガルデンだけでその数だ。他も合わせたら、千七百くらいだな」

残りの七百のうち、半分以上はブラックウルフだが、他の種類の魔物も多少はいる。

あまり強そうなのはいなかったので、高くなるかは分からないが。

「そ、そんな数をまとめて流したら、市場が崩壊しますよ！」

「ああ。放置してきて正解だっただろ？」

「千匹でも十分崩壊します！　元々不足が酷かったズナナ草ならともかく、ガルデン級の素材をあふれさせるのは色々まずいですよ……」

うん。確かに魔物を拾っている途中で、薄々そんな気はした。

「じゃあ、アイテムボックスにしまっておいて、少しずつ放出していくか？　デシバトレの引っ越しが終わったから、容量にも割と余裕があるし」

「それがよさそうですね。フォトレンなら、デシバトレ産の魔物を食べられる干し肉に変える処理もできますし、買い取りができる場所を探しておきましょう」

「頼んだ。回収した魔物のことは、そんな感じでいいとして……放置された魔物って、実際どうなるんだろうな」

今までに【静寂の凍土】を使った際、倒された魔物はその場に残ったままになっていたはずなのだ。

動物……とは少し違うようだが、魔物の死体が大量に放置されれば、腐ったりして酷いことになりそうな気がする。

だが今まで、オルセオンやデシバトレで、そのような騒ぎを聞いた覚えが全くない。

「どうなるって……言われてみると、考えたことなかったわね。どうなるのかしら？」

「デシバトレの時は、なんか対策がされてたのか？」

「してなかったはずよ。そもそも例の魔法が使われた後なんて、ブロケン防衛と外壁の建設で忙しかったじゃない」

ミレイの言う通り、あの時のブロケンには、大量の死体をわざわざ処理するような人員の余裕はなかったはずだ。

だが、いくら思い出そうとしても、魔物に関する記憶が出てこない。

【静寂の凍土】の跡地と聞いて思い出すのは、ズナナ草のことだけだ。

「だよな。リアは何か知ってるか？」

「んー……わかんない」

「急いで処理する必要がありそうなら、カエデの魔法で焼き払えばいいんじゃないかしら？　どうせ無人島なんだし」

「できれば、島中を焼き払って回るのは遠慮したいけどな……」

特に最悪なのが、魔物の死体だけ残って、ズナナ草は生えてこないというパターンだ。

この点に関しては、祈る以外にできることはないのだが。いや、祈るにしても、この世界では誰に祈ればいいのか分からないな。

教会らしき建物は見た覚えがあるが、中に入ったことはないし。

——などと考えながら、俺は島を後にした。

＊

「カエデ、例の白マント、尋問の結果が出たらしいぞ」

島を凍らせてから、およそ三日後。

情報通のデシバトレ人レイクが、俺達のもとにこんな情報を持ってきた。

「どうだった？」

「完璧とは言えないが、悪くない結果だな。大きいアジトの場所が分かったらしい。もっとも分かったのはあの白マントが拠点にしていた場所だけで、他のアジトのことは分からないんだけどな」

あんなに大きい船を用意できるアジトが、いくつもあるのか。うんざりしてくる話だな。

「大きいアジトって、どこかの無人島とか？」

レイクが話すのが待ちきれないというように、ミレイが質問する。

「俺もそうだと思ってたんだが……どうやら違うらしい」

「じゃあ、他国？」

「それも外れだ。そもそも他国のアジトでは、ブロケン攻略戦の妨害には間に合わない。そうじゃなくて、もっと大きな港町だ」

港町が、テロ集団のアジトか。

この国にはギルドカードその他、優秀な盗賊探知システムが存在するので、盗賊扱いされる連中が街にアジトを作るのは難しいはずなのだが――

だからこそ、ギルドカードのシステムを破られてしまうと、この国のセキュリティはもろいのかもしれないな。

そんなことができる方法など、俺の【情報操作解析】以外に知らないのだが。

連中は普通に犯罪者扱いされていたし、別の方法だろうな。

「でも、デシバトレから近い港町なんて、かなり限られるはずよ？　ミナトニア——は一応前線都市だから流石にないとして、それ以外となると……」

「いや。ミナトニアで合ってるぞ」

「えぇ!?」

この世界の地理をあまり知らない俺には、会話の内容がよく分からないが……どうやらミレイにとって、ミナトニアとかいう都市が『新世代の篝火』のアジトになっているというのは、衝撃的なことらしい。

「そのミナトニアって、どんな都市なんだ？　前線都市ってことは、デシバトレみたいな感じか？」

俺の質問に対してレイクは首を横に振り、それからこう答えた。

「いいかカエデ。前線都市には二種類ある」

「二種類？」

「デシバトレと、それ以外だ」

「……なるほど」

どうやらデシバトレは、前線都市の中でも特殊な例のようだ。

「デシバトレ以外の前線都市なら、普通の人間でも入れるし、デシバトレみたいに魔物が入ってくることも……ほとんどない。普通の領地に、ちょっとだけ危ない場所がくっついたようなもんだ。ミナトニアでいうと、危ないのは海だな」

「港町なのに、海が危ないのか？」

ボートキラーだらけの海なんて、港町としては使えないと思うのだが。

「危ないっていっても、デシバトレとは格が違う。大昔はクラーケンとか出たらしいが、今はしょぼい木造船が沈んだり、不用意に顔を出してると空飛ぶ魚がぶっ刺さったりする程度だ。ボートキラーもいないし、デシバトレ人なら泳いでも大丈夫だぞ」

「それは遠慮しとく」

いくら大丈夫だと言われても、空飛ぶ魚が顔にぶっ刺さる海で泳ぎたいとは、とても思えない。

泳ぐのはもちろん、顔すら出さないように気をつけようと、俺は決意を固めた。

「ミナトニアの海は貝が沢山採れるし、焼くと美味いんだけどな……」

なぜだろう。決意が揺らいだ気がした。

貝か。そういえば、この世界に来てから食べていないな。

「貝も美味しいけど、私はあのトゲトゲの方が好きね」

「トゲトゲって……あの針が沢山飛び出した、黒い球か？　あんなの食えるのか？」

「食べられるわよ？　もちろん、殻を割って中身をだけど。殻ごと食べても美味しくなかったわ。デシバトレ棒よりややマシ程度ね」

どうやら、ウニもいるらしい。

殻ごと食った時の味を知ってるってことは、挑戦したのか……。

「ああ、話を戻そう。ミナトニアの貝で一番おすすめなのは——」

「戻ってないんだが」

貝の話に戻してどうする。

海産物にも興味はあるが、それは後でだ。

「要は、そのミナトニアってとこに『新世代の篝火』のアジトがあるんだよな？　すぐに襲撃するのか？」

「対処はまだ決まってないらしいんだが……俺の予想では、カエデ達に依頼が行くことになると思う」

「なぜ？」

対人戦なら、デシバトレ人を沢山集めて、一気に押しつぶした方が手っ取り早いと思うんだが。

「一つは、襲撃がバレるのを遅くすることだな。デシバトレ人のほとんどは、冒険者の間じゃ有名人だ。集団で動けば、必ず誰かしら噂になる。その点、カエデ達の顔を知っている人間は少ない。ミレイも北部出身だから、デシバトレ人の中ではバレにくい方だろう。ミナトニアは前線都市だから、冒険者として行っても不自然じゃないしな」

「他の理由は？」

なんとなく、レイクはこの理由をあまり重要だとは考えていない気がする。

バレにくいというだけなら、他にもバレにくい組み合わせは存在するだろうし。

「実は一番警戒しなきゃならないのは、連中が逃げることじゃなくて、ミナトニアに戦力を割いている間に、逆にブロケンを襲撃されることなんだ。どこから情報が漏れるか分からないしな」

「タイミング次第では、ブロケンとミナトニアで行き違いが起こると」

「その通り。デシバトレ人が守ってる訳だから、ブロケンは簡単には落ちないはずだけど、連中は妙な手を使ってくるからな……大きい被害が出る可能性が高い」

確かに、『新世代の篝火』の一番嫌らしい点はそこなのだ。

正面から戦いを挑んでくれれば、正直あまり強くないのだが、亜龍を召喚して放置したり、重要なアーティファクトを破壊して火山を噴火させたりといった、やたら大がかりで面倒な手ばかり使ってくる。しかも連中はそのためなら、平気で自分や仲間の命を捨てるのだ。

アーティファクトの破壊を目的にした組織のようだが、一体何のためにそこまでするのだろうか。

白マントの役職が『大司教』なあたり、宗教なんかも交ざっているようだが、余計に訳が分からない。

ただ一つ分かるのは、連中相手にブロケンの守りを弱めるのが、自殺行為だということだ。

「じゃあ、依頼待ちで準備をしておくか……」

「ギルドが他にいい手を思いついて、俺達が手を出すまでもなくカタがつく可能性もあるけどな」

「できれば、そうなってくれるといいんだが」

ウニや貝は魅力だが、『新世代の篝火』と戦うのは遠慮したい。

まあ、それでも準備はしておかなければならない。

……ということで俺達は、いったんフォトレンへと戻ることになった。

ミナトニアに行く前に、片付けなければならない用事があるのだ。

＊

もちろんその用事とは、ズナナ草のことである。

ミナトニアに行くことになれば、帰ってこられるのはいつになるか分からないし、焼き払うとしたら今日しかない。

海図は相変わらずメルシアが持っているようだし、行けばなんとかなる（フィオニーがメルシアと別行動しているらしく、通信機での連絡は取れなかった）と思ったのだが――

「海図とアンカーはありますが、船の手配が厳しそうです。頑丈な金属船でなければ、ボートキラーに沈められてしまいますし……」

「『新世代の篝火』が持ってた船はどうだ？　あれは俺の船のはずだし、ボートキラーにも耐えるよな？」

手に入れた当初は何か仕込まれていた可能性もあるが、すでにギルドが調査を終えた船なのだ。危険はないだろう。

「確かに、耐久性は申し分ありませんが……動力がありません。あの規模の船を動かす魔道具となると、準備にも時間がかかりますから」

機関部は、制圧した時に壊してしまったからな。

だが、船を動かす手段は魔道具だけではない。

「じゃあ、帆はどうだ？　あの船には、帆があったはずだよな？」

俺が乗り込んだ時には使われていなかったようだが、あの船には立派な帆がついているのだ。

あれを使えば、たとえ魔道具がなくとも——

「でも、今は風が吹いていませんから……」

「あっ」

言われてみると、確かに今日は風が吹いていない。ほとんど無風状態と言っていいくらいだ。

今の海で帆を広げたところで、何の役にも立たないだろう。

いくら立派な帆であろうと、風が吹かなければただの布だ。

……こんなことなら、機関部を壊さずに引っこ抜いて、アイテムボックスにでも収納しておけばよかったかもしれない。

「だったら漕げばいいじゃない」

俺が反省していると、ミレイが何やら不穏なことを言い出した。

巨大で重い金属船を……漕ぐ？　あの船を、カヌーか何かと勘違いしているんじゃないのか？

「オールで漕ぐような設備はついていませんし、そもそもパワーが全く足りませんよ？　あの船、何トンあると思ってるんですか」

「そこはほら、後ろから押すとかすればいいじゃない」

「いくらミレイさんでも、船を後ろから押すのは無理ではないでしょうか」

「押すのはカエデよ」

「なるほど。試してみる価値はありそうです」

無茶な発言をするミレイを生暖かい目で眺めていると、なぜかこっちに火の粉が飛んできた。

「いくら何でも、無理がある……よな？」

「カエデなら、いけるよ！」

俺はリアに助けを求めるが、救難信号は受け取ってもらえなかったようだ。

仕方がないので、俺は二人に現実を思い知らせるべく、船のもとに向かう。

「無理だと思うけど、試してみるか」

「じゃあ、ロープを外すわね。私達が乗り込んでから、ちょっと押してみてくれる？」

「分かった」

俺は三人が乗ったことを確認すると、船の後ろにつく。

まずは、いつものように手加減した加速魔法で押してみる。

そこらの木くらいなら普通にへし折れる出力なのだが、船はほとんど動かない。

そこで俺は、船が壊れないように、少しずつ加速魔法の威力を上げていく。

すると、船が動いた。

「動いたわ！　これならいけるんじゃないかしら？」

「でも、かなり遅いぞ？」

動いたことは動いたが、速度が悲しい。歩くのよりは流石に速いが、島に着く前に日が暮れてしまうことに変わりはないだろう。

しかも、押し続けているのに、ほとんど加速する様子がない。

「確かにそうね……あっ！　カエデ、ちょっとストップ！」

船の上に出ていたミレイが、何かに気付いた様子を見せる。

俺が加速魔法を止めると、ミレイは船の上から、鎖のようなものを引っ張り始めた。

鎖は船の上から、海の中に続いているようだ。

「ごめん。錨が下りたままだったわ。ロープと錨を併用する船なんて珍しいから、ないと思ってたのよ……」

「錨って、下ろしたまま船を動かしたり、素手で巻き上げたりできるものだったんですね……」

「動かすのは基本無理よ。それで動いちゃ錨の意味がないじゃない。……まあ今の状態で船を動かせるなら、普通に移動するくらいは余裕ね。はい、もう大丈夫よ。動くと思うわ」

ミレイの言う通り、再び俺が加速魔法を発動すると、船はすんなりと動いた。

この前乗った船より、むしろ速い気がしないでもない。

「えーと、ちょっと方向を右にずらしてください」

「分かった」

海図とアンカーをもとにルートを割り出すメルシアの指示に合わせて、俺は船のスピードや方向をコントロールする。

あまり飛ばしすぎるとメルシアが怖がる（リアは面白がっていた）ので、全力を出すことはほとんどなかったが、船はスムーズに予定のルートを辿る。

辿った、はずなのだが。

「この辺が、前に止まった場所……だと思うんですが」

「それっぽい島は見当たらないわね。リアちゃん、魔物とか探すの得意だったわよね？　倒した魔物とか、どっかにいない？」

「……いない！」

目的地に到着した時、船に乗っている三人は困惑の声を上げた。

「カエデの魔法で、島ごと沈んじゃったとか？」

「【静寂の凍土】に、そんな効果はないぞ」

ミレイに突っ込みを入れながらも俺は船に上り、海を眺める。

確かに、それらしい島は見当たらないが……それと同じ方角に、ごく小さく緑色の何かが見える気がする。

「なあ、遠くに何か見えないか？」

「んー……っと、ここからなら、確かに見えるわね。でも私達が行った島って、あんなに小さかったかしら？」

操縦室の上に飛び乗ったミレイも、同じものを見つけたようだ。

ここからでは、それが何かは分からないのだが。

「魔物がいないなら、もう少し船を進めてみるのはどうでしょう？」

「あんまり近付くと、座礁が怖くないか？　偵察なら、これを使った方がいいと思う」

言いながら俺はアイテムボックスからこの前使ったイカダを取り出し、海に浮かべる。

これなら座礁するような喫水はないし、座礁してもアイテムボックスに収納するだけで回収できる。

「確かに、この船はかなり喫水が深いですからね……。私は流石に生き残る気がしないので、船で待っています」

相談はすぐにまとまり、俺とリア、ミレイの三人はイカダを使い、緑色の何かに向かって進み始める。

以前と同じく、ボートキラーを倒しながらの移動だが、この間来た時にさんざん倒したり、海ごと冷凍したりしたせいか、襲ってくるボートキラーの数は前より少ない気がした。

「あれ、やっぱり島だな。しかも形が、前の島とかなり似ている」

「まものは……いないねー」

魔物は全滅させたし、海岸線の形は以前にあった島と似ている。ほぼ同じと言ってもいい。

これだけなら、前の島と今見える島が同じだと思ってもおかしくはない。

しかし、それ以外の点が、あまりに違いすぎる。

「でも私達が制圧した島って、地面は茶色かったわよね？　カエデが派手に吹き飛ばした跡も残ってないし……魔物の死体も、全く見当たらないわ」

「とりあえず、上陸してみるか？」

「危なくはなさそうだし、それがいいわね」

ある程度近付いても【情報操作解析】に危険そうな情報は映らなかったので、俺達はそのまま陸地へと上がることになった。

そこで俺達を出迎えたのは――

「……ズナナ草……これ、偽物？」

「見える範囲のは、全部本物っぽいが……」

【情報操作解析】を使えば、ズナナ草の真贋《しんがん》は一瞬で見分けられる。俺の視界に映っている草は、全てズナナ草だ。

「でも、量がおかしいわよ……」

ズナナ草を踏みながら、いやズナナ草の上に乗りながら、ミレイが呟く。

「おかしいなんてもんじゃないだろ、これは……」

そう言う俺も、折り重なったズナナ草を思いっきり踏みつけていた。

別に俺達は、好き好んでズナナ草を踏んでいる訳ではない。

他に、立つ場所がないのだ。

俺達の上陸した島は、見渡す限り海岸線に至るまで、全て大量のズナナ草で埋め尽くされていた。

デシバトレやオルセオンは『地面にズナナ草が生えている』と呼んでいい程度の状況だったが、今のこの島において、その言葉は正確でないだろう。

今は『ズナナ草の下に、地面がある』といった感じだ。

「カエデ、これ！」

立つ場所を作るべく、周囲のズナナ草をアイテムボックスに収納しながらミレイと話していると、先に進んでいたリアが何か丸いものを持って帰ってきた。

というか、魔石だ。

「もしかして、この間倒した魔物を見つけたのか？」

「ううん、おちてた！　あっちにも！」

……落ちてた？

折り重なるズナナ草に足を滑らせそうになりながら、俺はリアの後ろをついていく。

そこには、確かに魔石が落ちていた。

「というかこれ、骨か？」

魔石を回収する際、周囲を覆っていたズナナ草をどけてみると、動物か何かの骨……の、風化した残骸らしきものが落ちていたのだ。

【情報操作解析】を使ってみると、それがガルデンの骨だということが分かる。

「なあミレイ、魔物って勝手に死ぬのか？」

「そんな話、聞いたことないわ。骨があるなら、カエデが倒した魔物じゃないの？」

「でも、数日でこんなになるか？」

俺は、風化してボロボロになった骨の残骸を拾い上げ、ミレイに見せる。

倒して数日の魔物がこうなるとは、とても思えなかった。

「ならないわ。でも、他にいないと思うんだけど……」

「もしかして、このズナナ草と関係あったりとかするか？」

「……そういえば、ズナナ草は魔力の多いところに生えるって噂があったわね。もしかして、魔物から魔力を吸い取ったり――」

「……あり得るな」

と言うか、この状況はそれ以外に納得のいく説明がつかない。

ズナナ草って、一体何なんだろう……。

「とりあえず、島を一周してみるか？　島全体の状況が分からないと、ズナナ草畑として使うのは厳しいよな？」

「デシバトレ人にとって安全だからといって、他の人にも安全とは限らないものね……。でも、この歩きにくい中を一周するの？」

俺の提案に、ミレイはうんざりしたような顔で言った。

確かにこの島は、今とても歩きにくい。

絡まってくるズナナ草の抵抗はあまり問題にならないのだが、足下に植物が折り重なっていれば、滑るものは滑るのだ。

収穫しようにも、量が多すぎてきりがない。

「リアちゃん、何かもっと便利な方法とか知らない？」

「んー……こうやって、とぶとか？」

島に来た時から、リアはずっと空中に浮かび続けている。

確かに、ズナナ草を避けるという意味では楽そうだが――

「それができれば、苦労はしないのよね……」

空中でゆっくり進むというのは、とても繊細な魔法のコントロールが必要なのだ。

あんな魔法を片手間に扱えるのは、リアくらいのものだろう。

だが今の案のおかげで、使えそうなアイデアを思いつくことができた。

「じゃあ、空を飛ぶのはどうだ？」

「話聞いてた⁉」

即座にツッコミを入れられてしまった。うん。言い方が悪かった。

「いや、リア的な意味じゃなくて、航空偵察だ。ちょっと試してみるから、着地に巻き込まれないように気をつけてくれ」

「うん……。そういえばカエデは、飛行型魔物に接近戦を挑む人間だったわね……」

「わかった！　いってらっしゃーい！」

二人の返事を聞いた後で、俺は加速魔法を上向きに発動する。

「……人間で合ってるのよね？　この空間にいると、魔法が普通どんなものなのか、思い出せなくなりそうな気がする……」

離陸する時、ミレイが何かを言っていた気がしたが、風切り音のせいで聞き取れなかった。

一〇〇メートルほどの高さまで上がると、島全体をはっきり見渡すことができるようになった。

島は全体がズナナ草に覆われており、目視でも【情報操作解析】でも、危険は確認できない。

気になることがあるとしたら、島に何やら、緑色の線のようなものがあることだろうか。恐らくその部分だけ、ズナナ草の密度が上がっている。

その線は俺達の上陸地点のあたりから島の中心に向かって一直線に繋がっており、島の中心で円形に、海岸側で扇形に広がっていた。

島の安全には問題なさそうだが、一応伝えておくべきだろうか。

などと考えながら、俺は加速魔法で勢いを殺し、着地した。

「どうだった？」

「まもの、いないよね？」

それを見たミレイとリアが、こちらへと駆け寄ってくる。

「リアの言う通り魔物はいないし、危険そうな場所もないな。ただ、島にこんな形の模様があったのだけ気になった」

俺は、近くにあったズナナ草をアイテムボックスに収納し、適当な木の枝で地面に絵を描く。

「模様？」

「ああ。ここよりさらに、ズナナ草の密度が上がってるらしい。制圧に来た時の進行ルートと似てる気もするが……それだと、この部分の説明がつかない」

「確かに、この形は……あっ」

扇形の部分を木の枝でつつきながらの説明に、ミレイが何か思いついたような声を出した。

「これって島を制圧した時、カエデが吹き飛ばした場所じゃない？」

「……あっ」

海岸の扇形は上陸前の安全確保で、中心の円は詠唱前の安全確保。

言われてみると、確かにそんな気がした。

「もしかして、魔法で島一面を焼き払ったら、さらにズナナ草が増えたりするのか？」

「……そんな気もするわね。どれだけ魔力が必要になるか分かったものじゃないけど」

「カエデ、やってみよう！」

「これ以上増やしてどうする。薬草採りに来た人の身動きが取れなくなるぞ」

リアの質問に俺は即答する。今の状況でも、回収しきるのに何日かかるか分かったものではないというのに。

というかリア、絶対面白がって言ってるよな。増やした後のこととか、全く考えてないだろ。

「ともかく、これで偵察はできたし、死体はズナナ草が処理してくれたってことで――」

「目的達成だな。よし、戻るぞ！」

俺はアイテムボックスからイカダを取り出し、海に浮かべながら宣言する。

何だかんだで、海岸から（横方向には）あまり離れることなく目的が達成できてしまった。

偵察の後は、メルシアに船を預ける手続きや、島のズナナ草が本当に使えるかどうかの実験、上陸用の小型船の準備などが進められた。このあたりの手続きに関しては、特に面白いことや、変わったこともなく、順調に終わる。


――そして、翌日。

フォトレンギルドに顔を出した俺達は、入り口で受付嬢に呼び止められた。

「カエデさん達に、指名依頼が入っています」

「それって、盗賊退治とかか？」

「いいえ。ズナナ草調達の依頼です。詳細については、こちらの依頼板をどうぞ」

……あれ？

想像していた依頼と、なんか違うぞ。

『新世代の篝火』と戦う依頼が、薬草採りの訳がない。直接『新世代の篝火』と書かないにしても、盗賊退治などが妥当な線だろう。

期待外れな感じを受けつつも、俺は二つに折られた依頼板を開こうとして——ミレイに止められた。

「隠す必要がなさそうでも、指名依頼の板は他の人に見られない場所で開いた方がいいわよ」

「そういうものなのか？」

今回の依頼板には、エレーラでの盗賊退治と違い、機密保持に気をつけろなどとは書かれていない。

「たまにだけど、妨害されたりするのよ。カエデ相手にそんな真似をする命知らずはいないと思うけど、たまにとんでもない馬鹿とかもいるし、二つ折りの依頼板は宿で開くのが無難よ」

ということで、俺達はいったん宿に戻り、依頼板を開く。

依頼の中身は受付嬢の言っていた通り、ズナナ草の調達。数は一万本か二万本の選択式なので、確かに大きい依頼に入るが、これなら指名で依頼を出す必要はあまりなさそうな気もする。

……と、ここまで読んだところで俺は、触板に映る依頼板の反応が、見た目とは少し異なっていることに気付いた。

依頼板は二枚の板を蝶番で組み合わせて作られているのだが、板のうち片方が中空になっており、中に玉のようなものが入っているのだ。

「なあ。依頼板の中身って、普通は中空になってたりはしないよな？？」

「調べたことはないけど、わざわざ中空にして作る方が難しいだろうし、中身は詰まってるんじゃないの？」

「じゃあ、こっちの板って……」

「それ、まどうぐ！」

リアが言った直後、中空の方の依頼板が、ポンッ、という音を発した。

僅かに遅れて、依頼板から煙が出始める。まさか発火か!?　どっかのスマートフォンじゃあるまいし！

「うわっ！」

俺は慌てて依頼板を投げ捨てると、水魔法を発動する準備をする。ミレイも槍を構えて、依頼板の動きを窺う構えだ。

しかし幸いにも依頼板は、ミレイに串刺しにされたり、俺に水浸しにされたりする前に、自然鎮火してくれた。

依頼板は燃え上がる代わりに二つに割れ、中が見えるようになっている。

中に仕込まれていた魔道具を【情報操作解析】で調べると、魔道具は依頼板が開かれた後に一定時間で起動し、中空の依頼板の接合部分を焼き切り、中身を確認できるようにするものだと分かった。

「ズナナ草はカモフラージュで、こっちが本命って訳か。……こういう伝え方って、ギルドでは普通なのか？」

「聞いたことないわ。でも普通の場合、機密事項はでかでかと『秘密保持のため、周囲に人がいない時に開けること』とか書かれた依頼板で渡されるわ」

「ああ。それと似たようなのは、受け取ったことがあるな」

あれは酷かった。

自分から『私は機密を運んでいますよー！』と喧伝するような有様を見て、ギルドの機密保持体制が心配になったくらいだ。

しかしあの依頼板は、本当に重要な機密を隠すための、囮のようなものだったのかもしれない。

知っている人数が少ないほど、依頼の伝え方はバレにくくなる訳だし。

「とりあえず、中身を見てみよう」

俺は拾い上げた依頼板をテーブルの上に置き、中身を読み始める。

そこに書かれていたのは、こんな内容だ。

【特殊指名依頼】ミナトニア付近に潜伏する盗賊団『新世代の篝火』アジトの特定、もしくは撃滅
報酬：一億テル（撃滅の場合、二億六千万テル）

冒険者ギルドによる調査、及び構成員の尋問の結果、冒険者ギルドは『新世代の篝火』の大型拠点の一つがミナトニア付近に存在することを突き止めた。

詳細な調査にあたり、冒険者ギルドは現在単パーティーで最高の機動力と戦闘力を持ち、かつミナトニアにおいて顔が比較的知られていないカエデパーティーの三名が最も適任だと判断した。

本依頼は緊急依頼とは違い、任意受注である。引き受けてもらえるのであればズナナ草を二万本、引き受けてもらえないなら一万本を納品してもらいたい。

本依頼の秘匿には最大限の努力が払われているが、『新世代の篝火』を欺けるのは二日から十日程度と見積もられている。怪しまれる行動には注意し、また逆襲には十分気をつけてもらいたい。

受付嬢の大部分は本依頼について知らされていないため、連絡には下の表に名前のある者を通されたし。また時間がかかる可能性もあるため、特に危険を感じた場合などは、自らの判断で対応を取ってほしい。依頼を放棄したとしても、この件に関して国、及びギルドは一切の責任を問わない。

ズナナ草の量が選択制だったのは、受注の可否を伝えるためだったようだ。

文章の最後には、ギルド職員の名前と、所属している支部名、それとギルド職員以外の協力者の名前が書かれている。これが恐らく、依頼について知っている人なのだろう。

知らない名前に交じって、フォトレン支部のレーシアさんやエレーラのギルド支部長といった、知っている名前がちらほらある。

エレーラ支部にも、二人ほどいるようだ。

協力者には、数名のデシバトレ人の他、フィオニーの名前があった。

「勝手に放棄してもいいなんて、随分縛りが緩いんだな」

「条件が不安定な場合、たまにあるタイプの依頼ね。強制じゃないみたいだけど……受けるの？」

「やっつける！」

「もちろん受ける」

そのために昨日、用事を終わらせてきたんだ。

『新世代の篝火』は、放っておくとロクなことにならないからな。

「私も受けるわ。……全員一致ね。じゃあとりあえず、ズナナ草を採りに行くわよ。連絡は早い方がいいわ」

「いや、在庫は足りてるぞ」

アイテムボックスを見てみると、手持ちのズナナ草はすでに二万本を突破していた。これをそのまま納品すれば、依頼は達成だ。

恐らくギルドも、指名依頼を出すのに不自然さがない本数でありつつ、確保には困らない数で指定してくれたのだろう。

単価も相場より大分高く設定されているようで、これだけでもおいしい依頼だ。

「二万本が在庫って……。カエデのアイテムボックスの中身を、一度全部見てみたいわね」

「使いきれなかった物が、色々と入ってるだけだぞ」

ズナナ草は商会で使えるからまだいいが、魔物の素材の中には、一生かかっても消費しきれないものが割とある気がする。

アイテムボックスの容量は今のところ足りているし、そのうち使い道ができるかもしれないので放置だが。

「なんか、見ない方が精神衛生上いい気がしてきたわ」

などという話をしながらも、俺達はいったん宿を出て、ギルドへと向かう。

流石に外で『新世代の篝火』がどうとか話す訳にもいかないので、俺は通信機を使うことにした。

魔力消費は大きいが、これを使えば盗み聞きされることもなく話すことができる。通信機の設定の関係上、フィオニーも会話に参加することになるが、フィオニーは協力者リストに名前が入っていたので、問題ないだろう。

『おっ、カエデ君！』

通信が繋がると、俺が声をかける前にフィオニーが反応した。相変わらず早いな。

『カエデ君達のところにも、同じのが届いたのかなー？』

『依頼板か？』

『そうそう、あの燃える依頼板！　受け取ったの二回目だけどー、心臓に悪いからやめてほしいよねー』

『えー、かっこいいよ？』

どうやらフィオニーは以前にも、あの依頼板を受け取ったことがあるらしい。本当に、もっと穏便な方法を使ってほしいと思う。

リアはアレをかっこいいと思ったようだが。リアのセンスが分からない……。

『フィオニーは、前にも燃える依頼板を受け取ったの？』

『大きい盗賊団が、古代文明の遺跡をアジトにしてたことがあってねー。討伐に使う情報集めを頼まれたんだー。ちなみに今回は念のために入ってるだけでー、今のところお仕事はないよー』

ミレイの質問に、フィオニーが答えた。協力者には、そういうパターンもあるのか。

まあ、おかげで安心して通信機が使える訳だが。

『俺達はオルセオンに行って、連中のアジトを見つけ出す係だ。ただ、自分で潰すと報酬が増えるらしいな』

『アジトごと凍らせられるパターンだったら、おいしいんだけどねー……あの辺だとちょっと厳しいかなー？』

『駄目なのか？』

範囲内であれば問答無用に凍らせてくれる【静寂の凍土】は、討伐手段の第一候補だと思っていたのだが。

いくら小細工を用意していようとも、使う前に凍らせてしまえば関係ないし。

『んー。アジトの場所によるけど、多分厳しいかなー。オルセオンのあたりに、グロウス川っていう川が流れてるんだけどー……それを凍らせると、洪水とかで大変なことになっちゃうからねー』

『となると……バレないように少しずつ探して、凍らせられない場所なら堂々と乗り込むしかないか』

いくら敵を倒せても、近くにある町、しかも前線都市が洪水で滅んだりしたら本末転倒だ。

『それかー、気付いて逃げられないことを祈りつつ、ギルドに報告だねー』

『……連中が、川から離れた場所にアジトを作ってくれていることを願おう』

オルセオンの時のように、『新世代の篝火』が地下遺跡をアジトにしていた場合、川が近ければ逆にアジトに水を流し込むという手があるかもしれない。流石に、そこまでは近くない気がするが。

『要は、敵にオルセオン行きの理由がバレないようにするのが一番大事ってことね。となると、やっぱりトゲトゲ拾い？』

『トゲトゲって、ウニのことか？　顔に魚が刺さるような海に潜るのは、あまりにも目立つんじゃないか？』

というか、潜りたくない。せめて網とかで、潜らずに済ます方法はないものだろうか。

『刺さるって言っても、所詮は魚よ。簡単に叩き落とせるし、私達なら当たっても痛いで済むわ。休暇には人気の場所だし、一番自然な理由ね』

『人気なのか……』

観光地扱いされる前線都市って、一体何なんだろう。

『まものは？』

『それだと、ブロケンに出る理由にならないわ』

『でも、ブロケンのまもの、たべちゃダメっていわれるし……』

珍しく、リアからまともな意見が出た。

『じゃあ、食べられる魔物も目的にしよう。森の中を探し回る理由もできて、一石二鳥だ』

『そうね。宿は定番の――』

と、こんな感じで作戦会議は進んでいき、大体の作戦が決まる。

海の幸に関しては、とりあえず船の上から様子を見て、その後でどうするか決めることになった。

「よし！　出発だ！」

「おー！」

ミナトニアへのルートはミレイが知っていたため、ミレイの後について移動することになる。

移動はもちろん徒歩だ。ミレイが言うには、走っていけば半日もかからないらしい。

「なあ、ミナトニアって、海沿いにあるんだよな？」

「そうよ？」

「随分と内陸に入るルートみたいだが……」

途中で分かれ道があったのだが、ミレイは海沿いではなく、内陸寄りの、森へと入るルートの方を選んだ。

ミナトニアが海沿いなら、道が違うような気がする。

「確かに距離で言えば、そっちの方が近いわね。でも、こっちの方が早いわ」

「そうなのか？」

「向こうのルートだと、交通事故を避けるのが面倒なのよ。今の時間はまだいいんだけどね」

「交通事故……馬車に撥ねられたりするのか？」

確かに今日の道は、今までに俺が通った場所よりは馬車が多かった気がする。

この世界にも、事故渋滞があったりするのだろうか。

「逆よ。私達が、馬車を撥ねそうになるのよ。まあ、ぶつからないように避けることになるんだけど。それなら、こっちのルートを使った方が早いわ。魔物がいるおかげで、馬車は入ってこないし」

ああ。それは確かに事故だな。

その点魔物なら気にせず蹴飛ばせる訳か。魔物も強くてせいぜいガルゴン程度だし、楽でいいな。

「まもの、すくないよ？」

「リア、デシバトレに毒されてるぞ。普通の道なら、魔物の数はこんなもんだ」

「えー」

元々リアの常識はかなりずれていた気がするが、これ以上ずらしてどうするというのか。

俺がしっかりして、ちゃんと常識を教えてやらねば。

「カエデも毒されてるわ。普通の道にガルゴンなんて出たら、冒険者以外は移動もできないじゃない」

あれ？　……まあいいか。

などと話しながら走っているうちに、気付けば昼になっていた。

「そろそろお昼だけど、ご飯はどうするの？」

「これとかどうだ？」

言いながら俺は、アイテムボックスからデシバトレ棒を取り出す。これはデシバトレへと向かう冒険者達の生存率を上げた、素晴らしい携帯食料だ。投擲具、目印、簡易的な鈍器など、冒険に役立つ様々な用途を持っている。

ただ一つ問題点を挙げるとすれば、味や食感がこの世のものとは思えないほど酷いことだろうか。

「やだ！」

「それは優秀な投擲具だけど、食べ物じゃないわ」

「一応、携帯食料のはずなんだけどな」

案の定、ノータイムで否定の言葉が返ってきた。俺も食べたいとは全く思わないが。

そこらに生えている木でもかじった方が、まだ美味しいかもしれない。

「まあ、冗談は置いておくとして……おっ、こんなものがあるぞ」

俺がアイテムボックスから取り出したのは、ジャイアントスパイダークラブの脚肉——要は、カニ脚のようなものだ。以前に料理した際、多めにゆでておいたものだ。

「このまえ、ゆでてたやつ！」

「また高級食材が出てきたわね……。わざわざミナトニアで魔物を狩らなくてもよさそうだけど」

「半分は調査の口実だからな。海の幸を採りに来たのに、森に入ってちゃおかしいだろ」

あと、量があっても種類が少ないと飽きるので、違う種類の魔物がほしいというのもある。

食料的な意味では、狩りなど全くしなくても間に合うのだが。

走りながら、俺達は食料を受け渡し、口に放り込む。

ジャイアントスパイダークラブの肉は、相変わらず美味かった。

「このあたりで、おすすめの魔物はいるか？」

「それって、食べ物としてよね？　うーん……もうちょっとミナトニアに近付くと、フライフィッシュとか、ヒュージスカラープが出てくるわ」

「フライフィッシュ……揚げ物か？」

「揚げ物？　揚げ物っていう魔物は知らないけど、フライフィッシュは大きくて飛び跳ねる魚よ。ヒュージスカラープは貝ね」

この世界には、揚げ物ってないのか。

今度やってみるのもいいかもしれない。サラダ油は用意できそうにないが、ガルデンの油はあまりクセがないので、揚げ物に向きそうだし。

「というか、陸地に魚や貝がいるのか？」

「いるわよ？　ほっとくとどんどん陸に上がってきちゃうから、ミナトニアが前線都市になってるのよ。上がってきたところで、魔物としては弱いんだけどね」

「そうか。上がってくるのか……」

デシバトレのボートキラーは、這い上がってこないだけマシだったのだろうか。

海水魚が陸に這い上がってきても、格好の獲物でしかない気がするが。

「リアのとこにも、いっぱいいたよ！」

そしてリアの出身地にも、陸に上がる魚がいたらしい。

「リアの出身地にも、フライフィッシュがいたのか？」

「よくわかんないけど、ありゅーのとこで、とんでた！」

亜龍のところで、飛んでた？　……想像がつかない。

「亜龍のところって、どこだ？」

「んー……うみ？　あんまり、おぼえてないや」

気になって聞いてみたのだが、リアの出身地は相変わらず謎のままのようだ。

出身地はおろか、年齢や種族すら正確に分かってないんだよな。

「まあ、要は魚や貝を探せばいい訳だな」

「そういうことね」

俺は美味そうな魔物を探すべく【情報操作解析】を発動し、周囲を見渡しながら移動する。

しばらくすると、今まで見た魔物とは違った雰囲気の影が視界に映った。木々の間からでは全体像が掴めないが、【情報操作解析】によるとヒュージスカラープのようだ。

「ヒュージスカラープがいたぞ」

「私からは見えないけど……どの辺に？」

「大体二キロ先ってとこか。端っこが一瞬映っただけだから、形までは見えなかったと思う」

俺もまだ、ヒュージスカラープがどんな外見の魔物なのか、よく分かっていないし。

貝なのは分かるが、それ以上は二枚貝なのか巻き貝なのかすら分からない。分かっていることといえば、ステータスがかなり防御寄りで、素早さがかなり低いことだろうか。

「どうして、それで種類まで区別がつくのよ……」

「そういう魔法みたいなのがあるんだ。リアも分かるんじゃないか？」

「んー……どれがかいだか、わかんない」

魔力が探知できても、区別がつかないのか。

弱い魔物だと、逆に探しにくいのかもしれないな。

「そろそろ大分近付いて……おお！」

「なかなか立派なヒュージスカラープね。食べ応えがありそうだわ」

少し進むと、ヒュージスカラープの姿がはっきりと見えた。

木の間から顔を出した、その姿は——

「ホタテ！　ホタテじゃないか！」

ホタテ貝だった。

人よりも大きいホタテ貝が地面に横たわり、口を開けている。

なんというか、とても美味しそうだ。このまま金網に載せて焼きたくなってくる。

「えい」

ヒュージスカラープを観察する俺を尻目に、リアが炎魔法を発動し、身の中心へと撃ち込む。

すると、ガチン、という音とともに、ヒュージスカラープが口を閉じた。

リアは魔法を操作し、なんとか攻撃を届かせようとしたようだが、炎魔法は頑丈そうな貝殻に阻まれ、ヒュージスカラープにダメージを与えるに至らなかったようだ。

「……閉じたな」

「閉じたわね」

「えい！　えい！」

リアは魔法の種類を変え、貝殻による防御を破ろうとするが、上手くいかないようだ。

ヒュージスカラープは逃げる様子も、反撃する様子も見せないため、炎魔法で外からあぶり続ければ倒せる気がするが、時間がかかりそうだし、火の通り方にムラができてしまいそうだ。

「美味しい魔物なんだけど、ランクDとは思えないくらい倒すのが面倒なのよね……」

「よし、こじ開けてみるか」

「あ、ちょっと！」

いくら大きくて硬くても、所詮は二枚貝だ。口さえ開けてしまえば、倒すのは簡単だ。

俺はヒュージスカラープの正面に立ち、刃杖を取り出す。メタルリザードメタル製の武器なら、遠慮なく力をかけることができる。

そして俺は刃杖を両手でしっかりと掴むと、殻の間に空いた僅かな隙間に突き込む。

「おっと！」

次の瞬間、ヒュージスカラープが一瞬口を開け、俺の両手を挟み込む。

どうやら不用意に手を突っ込もうとすると、反撃されるようだ。

なんとなくそんな気はしていたので、素早く対処する。

俺は手に持っていた刃杖をアイテムボックスに収納して上下の貝殻を掴む。

貝の力は、意外と強かった。軽く力を入れたくらいでは、僅かに開くのが限界のようだ。大きいだけのことはある。

「そぉい！」

だが、俺がしっかりと力を込めると、ヒュージスカラープも抵抗を諦めたようだ。相変わらず重い感触はあるが、貝殻が開く。

下の貝殻を足で押さえ、片手を刃杖に持ち替えて貝柱を切り離せば、一丁上がり。初めてにしては上手くいった方だろう。

「よし。綺麗に捌けた。意外と力が強いんだな」

「そりゃそうよ。ヒュージスカラープの正面に立つなっていうのは、ミナトニアに来た冒険者が最初に教わること……のはずなんだけど、本当に綺麗ね。貝柱の形がそのまま残ってるわ。どこで習ったの？」

「昔、ネットで……いや、俺の故郷での捌き方だ。もっと小さい貝の場合だけどな」

「私も試してみるわ。もし挟まれたら、援護は頼んだわよ」

言いながらミレイは、俺が倒したものより一回り小さいヒュージスカラープに向かっていく。

そして、手に持っていた槍を地面に突き立てると、貝の前に両手を差し出した。

案の定ヒュージスカラープはミレイの両手を挟みつけ、貝殻を閉じようとする。

ミレイはミレイで腕に力を込め、貝殻をこじ開けているようだが――

「ふんっ！　このっ！　……開かないわ」

女性として上げてはいけない気がする声を上げながらヒュージスカラープと格闘していたミレイだ

が、貝殻は少ししか開かなかった。

俺も援護しようとしたが、その前にリアが貝殻の隙間から魔法を潜り込ませ、ヒュージスカラープの身に直撃させ、ダメージで口を開けさせた。

それを見てミレイはすぐさま槍を手に取り、貝柱の根元を切断する。

貝を捌き終わったミレイは、怪我こそしていないものの、不満顔だった。

ランクDの貝に負けたのが、気に食わないらしい。

「あのくらい開けば、もう一人が剣で貝柱を切れるんじゃないか？」

「カエデみたいに、一人で綺麗に捌けると思ったのよ。……それにほら、切断面がガタガタよ」

「そりゃあ、剣じゃなくて槍だからな」

槍は突くためのものであって、貝柱を切るための道具ではない。まあ、本来は剣ではなく薄いヘラを使うはずだが。

「まあ、食うには問題ないだろ。夕食が楽しみだ」

「できれば、その前にトゲトゲも採っておきたいわね」

「サカナのまものも、さがす？」

俺達は二匹のヒュージスカラープをアイテムボックスに収納すると、元のルートに戻った。

まるで観光地にでも遊びに行くかのような会話だが、俺達は『新世代の篝火』のアジトを探しに行くのだ。

「二人とも、目的は忘れてないよな？」

「忘れてないわよ。獲物は陸にもいるかもしれないけど、海にいてもおかしくないのよ？」

「あの船のことを考えると、その可能性もあるんだよな」

『新世代の篝火』は潜水艦も作っていたからな。

海底に大規模な基地を作るのはともかく。小さい基地ならあったもおかしくはない。

となると、やはり頭を刺してくるような魚のいる海に、俺達も潜らなくてはならないのかもしれない。ボートキラーと同じように、魔法で防げればいいが……。

「その辺は現地に着いて、刺さる魚の様子を見てから考えよう！」

「それがいいわね。刺さる魚……スピアダーツは、実物を見た方が早いと思うし」

「おー！」

とりあえず、ミナトニアに行かないことには何も始まらない。

早く到着すべく、俺達はさらにスピードを上げた。

まあ、進路上にヒュージスカラープが出てきた時には、毎回きっちりと狩っていたのだが。

＊

速度を上げたかいあってか、俺達は普通に狩りができる時間にミナトニアへ到着することができた。

ミナトニアはデシバトレと違い、ちゃんと門があったので、ギルドカードを提示して中へ入る。

その際特に止められることはなかったのだが……なんというか、怪訝な目を向けられた気がした。

「なあ。何か、おかしなものを見るような目を向けられなかったか？」

「リアも！」

「私も、そんな気がしたわ。ギルドカードに、なんか書いてあったのかしら？」

言われて、リアと俺のカードを見比べてみるが、特におかしな点は見当たらない。

「見てみるか？」

俺が差し出したカードをミレイが受け取り、観察し始める。

どちらのカードにも、おかしな点は見当たらない。移動の際に魔物を結構倒していたので、討伐履歴にも変な魔物は入っていない。

それでいて、あの視線。まさかミナトニアの衛兵が、すでに『新世代の篝火』の手に落ちていたりとか——

「ああ、原因が分かったわ。ギルドの問題ね」

俺が不穏な想像をし始めた頃、ミレイが呟いた。

ギルドの問題というのは、珍しい気がする。

「どこか、表示が消えてたりするのか？」

「いや、そういうミスじゃなくて……カエデとリアちゃんが、Eランクのままなのよ。私がBランクだから、ランクだけ見ればアンバランスの極みね」

確かに言われてみれば、ランクが更新されていないな。門番には俺達が、荷物も持たずに護衛を雇う、変な冒険者に見えたのかもしれない。

「俺達のランクって、どうなってるんだ？」

「うーん。Aランクは特殊だから置いておくとして、実力を考えればBまではすぐに上がっていいはずなんだけど……デシバトレ帰りって、基本的にランクの反映が遅いのよね。デシバトレに行く時点でランクはあんまり関係なくなってるから、半年くらい遅れても誰も気にしないわ」

Eランクの俺でさえ、ランクに全く触れられずに依頼を受けられたからな……。

「カエデ達の場合は、どこまで上げるかが決まらないせいで遅くなってる気がするけどね。ギルドに言えば、一週間とかでとりあえずCまでは上がりそうな気がするけど」

「フォトレンに戻ったら、一度聞いてみるか」

来たばかりのミナトニアよりは、デシバトレと関係の深いフォトレンギルドの方が、話が通りやすそうだ。

あと、人の多いギルドでそんな話をしたら、一瞬で『新世代の篝火』とかに情報が伝わる気がする。仕事ではなく、休暇がてら狩りに来たというスタンスを貫いた方がいいだろう。

「……あれ？　なんか、ちょっと雰囲気変わってない？」

俺達はまず、海の様子を見に行くことにしたのだが、途中でミレイが、こんなことを言い出した。

「ミナトニアに来たのは初めてだから、元の雰囲気を知らないぞ。前はどんな感じだったんだ？」

「リアも、しらない」

「具体的にどこが違うかって言われると難しいんだけど、なんか風景が違う気がするのよね。露店に並んでるものとか、なんか足りないような……気のせい？」

それからもミレイは、どこがおかしいのかを探すように辺りを見回していたが、結局原因は分からないまま、港へと到着した。

デシバトレより浅く、綺麗に見える海には、すでに数十隻もの船が浮かんでいるようだ。

船のほとんどは木造で、サイズもそれほどではないように見える。

その割には、甲板が随分と高い位置にある船ばかりだが。あんなに重心を高くして、ひっくり返ったりしないのだろうか。

「よしカエデ。船を出すのよ」

「船？　俺の船は今フォトレンにあるし、メルシアに貸す予定なんだが」

「そっちじゃなくて、イカダの方よ」

「えぇ……」

まさかあの船で、頭に魚が突き刺さる海に漕ぎ出せと言うのだろうか。

「大丈夫よ。危ない場所に出る気はないから」

「……本当か？」

「本当よ。あ、海水で濡れるのはまずいから、荷物をアイテムボックスに入れておいてくれる？」

そう言って、ミレイは笑った。よし、信じようじゃないか。

俺はリアを守るアーティファクトの髪飾りと、自分の防具に問題がないことを確認すると、アイテムボックスから取り出した回復薬をポケットに入れてから、海にイカダを浮かべた。

イカダを浮かべた場所はちょうど離岸流の中だったらしく、俺達が乗り込んだイカダは勝手に沖合へと流され始める。

「これ、行きはほっといても大丈夫そうだが、戻ってくるには漕がなきゃならないんだよな？」

「イカダをしまって、泳いで帰ってくる手もあるわね。……そんなに警戒しなくても、ここの海は危なくないわよ？」

周囲を警戒しながらの質問に、ミレイが答える。

その直後、背後から何かが飛んでくるような感覚が触板から伝わってきたのに気付き、とっさに振り向いて片手で掴んで止める。

「何だこれ。魚か？」

俺が掴んだのは、魚というにはあまりに凶悪な姿をした生き物だった。

体の後ろ半分だけ見れば、トビウオを細長くしたような姿なのだが、その頭部には長さ数十センチもの、鋭くとがった角がついている。

「おー、やっぱりきたわね！」

「なあ、この魚って……」

「スピアダーツ。ここに来る前に言ってた、頭に刺さる魚よ」

確かにこの魚は、俺の頭に向かって飛んできた気がする。もし掴まなければ、そのまま刺さっていたのではないだろうか。

「……危ない場所に出る気はないんじゃなかったのか？」

「大丈夫。カエデの防御力なら、デシバトレだって安全な場所よ。……あいたっ」

あそこを基準にしないでほしい。話しているうちに俺にも二匹目が飛んできたので、手を伸ばして捕獲する。

というかミレイ、安全とか言いながら、魚の直撃を食らってるじゃないか。

「ほらね？　私の防御力でも、痛いで済むわ。リアちゃんも大丈夫よ。ほら」

「さかな、とれたよ！」

見ると、リアが一匹の魚（スピアダーツというらしい）を掴んでいた。リアの身体能力はあまり高くないので、恐らく魔法を使ったのだろう。

どうやらスピアダーツの攻撃をまともに食らってしまったのは、ミレイだけらしい。

「しかし、二人とも、平然と捕まえるのね……。普通は防御力で耐えるか、こうやって処理するんだけど」

バキッという、およそ魚と人間の手が立てたとは思えない音を響かせてスピアダーツを叩き落としながら、ミレイが言う。

叩き落とされた魚は、角をイカダの隙間に突き刺し、身動きが取れなくなっているようだ。

その後も何度か音が響き、隙間に刺さった魚が増えていく。

「いたっ！」

迎撃には時々失敗するらしく、魚の直撃を食らったミレイの痛そうな声が聞こえるが。

ちなみに俺は俺で自分に向かって飛んできた魚を手で掴んでアイテムボックスに放り込み、リアはミレイの真似をして、イカダを魚まみれにしていた。

デシバトレ産の木だから、このくらいで強度の問題が出ることはないと思うが……大変シュールな光景だ。

「いつまで続くんだ、これ？」

「船の動きは止まってるし、普段ならもうとっくに弾切れだと思うんだけど……なかなかいなくならないわね。しばらく来てない間に繁殖したのかしら？」

「ずっとこれが続くとか、やめてくれよな……」

俺は今のところ被弾していないが、全方位から飛んでくる魚に注意を払い続けるのは、精神的に疲れる。

それとイカダの隙間に挟まった魚が多すぎて、なんだか心配になってくる。

「もう魚は諦めて、貝やトゲトゲを採ることにするわ！　行くわよ！」

「ちょっと待て」

宣言したミレイを、俺は慌てて止める。

なぜかミレイが、いきなり服を脱ぎ出したからだ。

「早くしないと、着替え中をスピアダーツに襲われるわよ？」

「いや、そういう問題じゃなくてだな」

「ちゃんと下に水中用戦闘服を着てるから、大丈夫よ？」

「……そうか」

水中用戦闘服……安心したような、微妙に残念なような。

俺はいつもこの格好で泳いでいるので、特に着替える必要はない。

とはいえ、着替え中は目のやり場に困るので、視線をイカダの方に逸らす。

……イカダに突き刺さったスピアダーツを見ていると、ちょっとしたアイデアを思いついた。

着替え待ちの間に試してみよう。

「よっと」

捕った魚をイカダに突き刺すリアを横目に、俺はアイテムボックスから丸太を取り出す。

デシバトレ産ではない、ほどほどの強度の丸太だ。

それを俺の身長と同じくらいの長さに切り、立てた状態でイカダにくくりつけた。

最後にえさとなりそうな魔物を丸太に乗せて、完成だ。スピアダーツが何を食うのかは知らないが、なんとなく肉食な気がする。

「終わったわよ。あ、この装備預かっててもらえる？」

そうこうしているうちに、ミレイの着替えが終わったようだ。

「おう。って、その格好は……」

「エイシス商会製の水中用戦闘服、デシバトレ人対応仕様よ。これ以外のタイプだと、スピアダーツに穴だらけにされちゃうのよね」

ミレイの格好は、戦闘服と聞いて想像するものとはまるっきりかけ離れた代物だった。

なんというか……とても防御力が低そうだ。布の面積が、下手な水着よりも小さい。

ミレイの発言を聞く限り、生半可な生地より、デシバトレ人の体の方が防御力が高いということな

のかもしれないが……。

「普段の格好じゃ駄目なのか？」

個人的には歓迎なのだが、防御力が心配だ。

普段から防御力の低そうな装備をつけているミレイだが、今の装備はほぼゼロと言っていいくらいだし。

荷物さえアイテムボックスに入れておけば、この世界の服はすぐに乾いてくれるだろう。

「泳げなくはないんだけど、スピードを出しにくいのよ。他にも、変なところに水が入ったりとかね」

変なところに水が……。

おっと。変な想像をしてしまった。

「リアも、みずぎ！」

ミレイと話していると、後ろの方でリアの声が聞こえた。

振り向きながら気付く。リアはアイテムボックスを使えないはずだし、水着を用意したこともなかったはずだ。

となると、リアの水着とは……？

答えはすぐに判明した。

「リア、それは下着だ。水着じゃないぞ」

「でも、ミレイとおなじだよ？」

「いや水着と下着はちが……違うぞ？　とにかく、ちゃんと服を着るんだ」

ミレイの水着（水中用戦闘服らしいが）を見て、リアよりさらに布の割合が低いことに気付き、一瞬水着の定義について考えそうになりながらも、俺は答えを返す。

しかも、装備の防御力はリアの方が高いのだ。その防御力のうちほぼ十割は、髪飾りが稼いでいるのだが。

「というか、リアって泳げるのか？」

髪飾りの燃費は悪くないので、魚に攻撃されるのは問題ないだろうが、リアが泳いでいるところを見たことがないぞ。

「んー……こんなかんじ？」

服を着直したリアが、普段飛んでいるのと同じ姿勢のまま、水に沈んでいった。

さらに、そのままの姿勢で、前後左右に動き始める。とてもシュールな光景だ。

どうやらリアにとっては、水中も空中も大して変わらないらしい。……速度は少し落ちているようだが。

「泳げると言っていいのかはともかく、問題はなさそうだな」

「服さえ濡れないのね……」

などと話しながら、俺達は海に潜り始める。

意外なことに、魚による攻撃は水中にいた方が少ないらしい。

水の上にいると、却《かえ》って狙い撃ちされてしまうようだ。

ただ、意思疎通ができないのは面倒だな。通信機は魔道具だから水中でも大丈夫そうな気はするが、試してみる気にはなれないし。

などと考えていると、まるで通信機を使った時のように、頭の中で何かが繋がったような感覚が来る。

『もしかして、リアか？』

『うん！　……あっ、カエデ、はなれると……』

どうやら、リアが通信魔法を使ったようだ。

しかし、俺とリアの距離が少し離れると、通信は切れてしまった。

『ちかくじゃないと、むりだよ？』

『ミレイの声が聞こえないと思ったら、そういうことか』

通信機が魔力を大量に消費するだけあって、通信魔法はリアだと出力不足になるのだろう。ミレイは、最初から範囲外だったようだ。

となると、俺の出番か。

『通信魔法は、俺が使っても大丈夫か？』

『うん！』

危険でない魔法であることの確認が取れたので、俺は通信魔法の発動を試みる。

イメージするのは、地球にあったトランシーバーだ。それだけだと声に出して話す必要が出てきそうなので、テレパシー的なイメージも付け足してみた。

すると、普段の魔法によるものとは違う、ブツッというような音が頭の中で聞こえた。

『わっ！』

『何、この音⁉』

それに続いて、ミレイ達の声も聞こえてきた。どうやら成功のようだ。

『リアが通信魔法を使ってたから、俺も試してみたんだ。ちゃんと繋がってるらしいな』

『通信魔法って、アーティファクト以外じゃ不可能な魔法のはずなんだけど……』

『でも、俺もリアも使えてるぞ？』

しかも、一発成功だ。自分のステータスを見る限り、燃費も悪くない。

これなら、相当シビアな戦闘中でもない限り、ずっと使うことすらできそうな気がする。

『まあ通信魔法は使えればそれでいいとして、この海、結構深くないか？』

『多分、五十メートルくらいね。リアちゃん、息は大丈夫？』

『だいじょぶ！』

『おい、俺はスルーか』

潜っても服さえ濡れないリアより、俺の方を心配すべきではないかと思うのだが。

『カエデは殺しても死なないでしょ。心配するだけ無駄よ』

酷い言い草だった。というか五十メートルって、素潜りする深さじゃない気がする。その割には、苦しさとかを全く感じないのだが。

話しながら潜るうちに、海底の砂地が見えてくる。

わざわざ拾いに来るだけあって、砂地の上はウニやサザエ、ハマグリっぽい二枚貝など、美味そうな貝が沢山ある。

水深と貝の種類がちぐはぐなあたりは、やはり異世界という感じがするが。

『おー！　相変わらず沢山あるわねー』

『……漁業権とか大丈夫なのか？』

まさか、密漁とかじゃないよな？

『そんなものないわ。ここに潜るのって、デシバトレ人とその予備軍くらいだし』

なるほど。心配はなさそうだ。

『このあたりの海は安全だけど、トゲトゲの針には気をつけるのよ。刺さると痛いから。……それとカエデ、息継ぎを減らすには、潜る前に体の中で空気を圧縮しておくといいわ』

ウニを素手で握りつぶすようにしてトゲを折り、小型化して袋に詰めながらミレイが言う。全然痛そうに見えない。

というか体の中で空気を圧縮するって、もう人間の動きじゃないだろ……。

『とりあえず、色々拾いながら手がかりでも探すか』

手がかりというのは、もちろん『新世代の篝火』の手がかりのことだ。

性能は高くなさそうだったとはいえ、連中が潜水艦を使っていたのが分かった以上、海中も警戒しない訳にはいかない。

『でも、どうやって探すの？　リアちゃんの索敵？』

『うみだと、むずかしいよ？』

『怪しいものを探す方法は、別に魔法だけじゃないんだぞ。例えばこのあたり、割と流れがあるだろ？　変なものを沈めたりすれば、広範囲に海底の形が変わる可能性がある』

俺達が押し流されるほどではないが、時折ウニが転がったり、砂粒が移動したりしている。

砂地の波模様も、恐らくこの影響でできたのだろう。

『言われてみると、そんな気がするわね。……カエデって実は意外と頭脳派？』

『ちなみに、高出力の光魔法で周囲をまとめて照らしながら、加速魔法で一気に駆け抜ける手もあるぞ。連中にバレたりしそうだから、今日はやめとくが』

『ああよかった。いつものカエデだわ』

なんだか、とても失礼なことを言われた気がした。

しかし抗議する前に、それよりも重大な情報が見つかったので、抗議はいったん引っ込めることにする。

海底の砂地に、何か大きなものが動いたような跡があるのだ。

そして、その跡が続いている方向に、なんか光るものが見える。

『二人とも、いったん止まってくれ。何かあるぞ』

『……あれ、金属？　カエデの捕まえた、沈む船に形が似てる気がするわ』

『近付いてみるか。……中に人がいる可能性もあるから、あまり音を立てないように気をつけよう』

俺達はあまり音を立てないように気をつけながら、ゆっくりとそれに近付いていく。

『これは……この間のとは違うが、多分潜水艦の類だな。人は乗ってないらしい』

海底に沈んでいたのは、デシバトレで見たものより大分厚い隔壁を持った潜水艦だった。

触板で確認する限り、中に人はいないようだが……『新世代の篝火』のものと見て、まず間違いないだろう。

『人が乗ってないってことは、いらなくなって廃棄したとかかしら？』

『でも、これってそこそこ重要な資源だよな？　そんな簡単に捨てるか？』

見たところ、ここに沈んでいる潜水艦はメタルリザードメタルではなく、ミスリルや鉄で作られているようだ。

しかし鉄もこの世界ではそこまで安くないし、ミスリルだって同様だ。

いらなくなったからといって、ポイ捨てするような代物ではないだろう。それなら鋳溶《いと》かした方がまだマシだ。

『となると……どういうこと？』

『これ自体が魔道具入りで、何かを起こす装置になってるとか、連中ならやりそうだが……リア、中の様子は分かるか？』

俺の触板を使えば、中がどんな形になっているのかは分かるが、用途までは分からない。

魔道具だって、魔石の形が映るだけだ。

『んー。みえないとこがあるけど……ほかは、ないよ？』

『見えないっていうと、魔力を通さない壁か』

『うん！』

言われてみると、オルセオンの地下遺跡についていた蓋のように触板の反応を遮るものが、潜水艦の中にあるようだ。

この中に魔石が入っている可能性もあるか。

『一応、回収して開けてみるか』

魔道具がないのであれば、すぐに回収に気付かれる可能性は低いだろう。

放っておくと、よくないことになる可能性もあるし。

『そうね。森に入って、人のいないところで開ければいいと思うわ』

意見がまとまったので、俺は手で潜水艦を掴み、加速魔法を使って潜水艦を海底から離してから、アイテムボックスに収納した。

アイテムボックスを使うだけなら持ち上げる必要はないが、もし直接収納して跡地が見つかったら、アイテムボックスを使ったことがバレバレだからな。そうなれば、犯人は俺ですと言っているようなものだ。

『他にも何か見つかるかもしれない。探してみるか』

『トゲトゲも、まだ採り足りないわ。でも、そろそろ息がつらくなってくる頃だから、いったん浮上した方がいいかも』

……デシバトレ人にも、空気は必要なようだ。

＊

その後も俺達は海産物を集めながら、海底を探し回った。

途中からは手分けして、ペースを上げたのだが……そろそろ切り上げようという頃になって、トゲトゲがどうの、美味しい貝の見分け方がどうの、と話していたミレイから、少し変わった報告が入った。

『おっ、珍しい貝……じゃないわね。何これ、靴？』

『何か、手がかりが見つかったのか？』

『うーん。手がかりって言っていいのか分かんないけど……形だけ見れば、厚底の靴ね。金属でできてるみたいだし、重くて履けたもんじゃないと思うけど。……鉄にしても重いわね。鉛かしら？』

『ちょっと待て。見つかった場所を教えてくれ』

『えーっと、潜水艦が見つかった場所から沖側に……』

ミレイに場所を聞いて、俺達は靴の見つかったところに集まる。

そこに落ちていたのは、確かに鉛の靴だった。錆なども見当たらず、かなり新しいように見える。

【情報操作解析】では靴の一種としか出なかったが、こんな海底で鉛の靴を使う理由など、一つしかない。

『これは多分、潜水靴だな。浮かずに水底を歩けるように、重くしてあるんだと思う』

『確かに、これなら歩きやすいかもしれないけど……こんなの履いてる人、見たことないわよ？』

『こんなとこ、なんであるくの？』

貝やウニを拾うために、わざわざこんなものを使う人はいない。

となると……。

『リア、この辺に魔道具とかないか？』

『まどうぐ？　むー……あっ、ここ！』

周囲をあちこち動き回りながら様子を探っていたリアが、靴から少し離れた場所の地面を指した。

俺が魔法を使い、そこを掘り返してみる。

『……やっぱりか』

地面から出てきたのは、金属でできた小さい箱だ。

【情報操作解析】によると、中には魔石を核として周囲の魔力を集め。魔物を生成するための魔道具が入っているらしい。

『これ、何なの？』

『まどうぐ！　……まもの、よぶやつ？』

『デシバトレで出来損ない亜龍を召喚したのと、同じ魔道具かもしれない。……これも亜龍を呼ぶ魔道具か？』

『なんだかは、わかんない……カエデ、ためしてみる？』

『試すのはまずいだろ……』

わざわざ魔物を召喚して、どうするというのか。

『とりあえず、これを回収しておけば、魔物の召喚は防げる訳だな。連中の拠点は見当たらなかったから、次は森を探すか』

『そうね。例の沈む船も、中を見てみないとだし』

海底の調査を終えた俺達がイカダに戻ると、潜る前に俺が立てた丸太が、銀色になっていた。

丸太全体にびっしりとスピアダーツが刺さり、抜けなくなっていたのだ。

ぱっと見で、千匹はいる。

「……大漁だな」

「こんな漁法、初めて見たわ」

「ここまで採れるとは思わなかったんだが……これ、どうすればいいと思う？」

ほんの遊び心で、ルアー釣りのような真似をしてみたのだが、採れた数が予想を遥かに超えている。

これ、どうしよう。

「いざとなったら、売ればいいんじゃない？　スピアダーツは、一応高級魚なのよ。網とか破っちゃうから、採るのが難しいし」

「これが高級魚なのか……」

「だって、おいしそうだよ？」

丸太に突き刺さって動いている魚達を見て、これが高級魚だとはとても思えなかった。

あれだけの速度を出せる魚なのだから、身が締まっていて美味しいのかもしれないが。

「まあ、帰りはこのイカダも必要なさそうだな。収納するぞ」

アイテムボックスに入れると、イカダと魚は別々の枠に収納された。引っこ抜いて収納し直す手間が省けたな。

『帰りは見つからないように、潜っていく？』

『いや。堂々と戻った方がいいと思う。俺達がミナトニアに来てることはバレる前提だし、帰りだけコソコソしても却って怪しいだろ』

繋ぎっぱなしにしていた通信魔法を介しての質問に、俺はすぐ答えを返す。

『新世代の篝火』の情報収集力を相手に、ミナトニアにいることを隠せるとは思っていない。一応町中などでも【情報操作解析】の盗賊探知は常時起動しているが、盗賊扱いになっていない構成員もいる可能性が高いし。

外界との連絡を絶ち、しばらく野宿でもすれば話は別かもしれないが。

『つぎは、まもの？』

『魔物を狩りながら森に入って、適当なところで潜水艦を開けようか。毒ガスとかが仕込まれている可能性もゼロじゃないから、開ける前は離れてくれ』

『わかった！』

通信魔法で話しながら、俺達は町外れの海岸から陸に上がり、服を着替えたり、乾かしたりする。

服は放っておけば乾くと思っていたのだが、リアが服を乾かす魔法を覚えていたので、まとめて乾かすことができた。

「じゃあ、次は魔物狩りだな。適当に移動しながら、美味そうな魔物を倒していくか」

「ヒュージスカラープはもう結構採ったから、フライフィッシュとかほしいわね。町の近くは果樹園になるくらい魔物が少ないから、一気に奥まで突っ切るわよ」

「ほんとに、いないねー」

魔物のことなどを話しながら、俺達は森へと入っていく。魔物がいないというミレイの発言は本当のようで、森に入ってから数キロを走っても、グリーンウルフの一匹すら見つけることができない。

他にもミナトニアの森は、下草に交ざるズナナ草がとても少ない。

これに関してはミナトニアが普通で、俺達が今までいた場所がおかしかっただけなのだが。

「……あれ？」

森に入ってしばらく進んだところで、先頭に立っていたミレイが怪訝そうな声を上げながら急停止する。

木でできた簡易的な壁のようなものが、目の前に現れたのだ。

高さは二メートルそこそこだが、とても長く続いているらしく、左右の切れ目が見えない。

明らかに、人工物だ。

「ここの森には、こんな壁があるのか？」

「前に来た時には、こんなのなかったわよ。その代わりに、ダシセウーユの木が植わってた覚えがあるわ」

「ダシセウーユ？」

「ミナトニア特産の果物に、そういう名前のがあるのよ。外国にある、セウーユっていう果物の亜種らしいわ。ミナトニアでは普通に売ってるはずなんだけど……今日はあんまり見てない気がするわね」

ミレイが、壁に書かれた文字を指しながら言う。

そこには、『ミナトニア家所有のダシセウーユ畑』と書かれていた。

つまり、果樹園に囲いが作られたということか。

誰かに果物を盗まれでもしたのかもしれない。

囲いもつけず、森の中に果樹園を作ったりしたら、盗賊に盗まれ放題だろうし。

森の中に長い壁を作って管理するのも、それはそれで大変そうだが。

「迂回するか」

元々このあたりには魔物がいないらしいし、わざわざ果樹園を突っ切る理由もない。

方向を変える際、一度高めにジャンプして中を覗いてみると、赤い大きな実が沢山生《な》っているのが見えた。まだ収穫はされていないようだが、すでに熟しているようで、なかなか美味しそうだ。

町に戻ったら、探して買ってみようか。

「おっ、やっと魔物が出てきたな」

「なんか、よわそう……」

やたらと長い壁を抜け、さらに奥へ数キロ入ったところで、ようやく一匹目の魔物に遭遇した。

ヤドカリのような形をした、小さめの魔物だ。リアと比べても、まだ小さいくらいかもしれない。

どうやら爪を使って攻撃するつもりらしく、脚をちょこまかと動かしながら、こちらに向かってくる。

しかしリアの言う通り、とても弱そうだ。普段なら魔物を見つけるなり魔法を撃ち込むリアが傍観するくらいだし。

「てい」

俺達が歩いてくるヤドカリを眺めていると、ミレイが足下から石を拾い、ヤドカリに投げつけた。

イクスプローダーの爆撃をデシバトレ棒で迎撃した投擲の腕は伊達ではないようで、石は轟音とともに殻の中心に命中し、ヤドカリの魔物を吹き飛ばした。

「……なんだか、可哀想になってくるわね」

デシバトレ人の投石に耐えられる訳もなく、一瞬でバラバラになったヤドカリの魔物を見て、ミレイが呟く。

「これ、美味いのか？」

「弱い魔物が美味しいのは、割とレアなケースよ。覚えておくといいわ。ついでに言うと、こいつの討伐報酬は十匹で一テルよ」

つまりまずいってことか。

「次からは、スルーで」

「分かったわ」

「するー！」

魔物をスルーすることにリアが反対しないとは、珍しいこともあったものだ。

もしかしたら、魔物として認識さえしてもらえなかったのかもしれない。

「フライフィッシュは、ここまで弱くないよな？」

「ランクCだし、このあたりでは一番強い魔物ね。なかなか面白い動きをするわよ。カエデやリアちゃんなら、一瞬で倒せると思うけど」

面白い動き……名前からして、空を飛んだりするのだろうか。

スピアダーツみたいに、木に刺さってくれると楽に数が集められそうなのだが。

時折出てくるヤドカリを無視しながら森を突き進むうち、周囲の雰囲気が少しずつ変わってきた。

木が増えて暗くなったのに加え、下草となっているズナナ草が、少しだけ増えた気がする。

それと同時に、魔物の構成も変わってきたようだ。俺は木々の間から、俺の身長ほどもある魚が数匹、地面に横たわっているのを見つけた。

【情報操作解析】によると、どうやらあれがフライフィッシュらしい。

「フライフィッシュがいたぞ」

俺は速度を落としながら剣を構え、ミレイとリアに報告する。

今のところ、フライフィッシュに動きはないようだ。

「おもしろいうごき、しないよ？」

「もう少し近付くと襲ってくるから、気をつけるのよ。数が多いから、見つかる前に減らした方がいいと思うけど……」

槍を構えながらミレイが言うが、リアは面白い動きとやらに興味があるらしく、ミレイの提案をスルーしてフライフィッシュの方へと向かっていく。

そしてリアとフライフィッシュの距離が二十メートルを切った時、フライフィッシュが動いた。

フライフィッシュは尾びれを使って飛び上がったかと思うと、尾びれで木や地面を連続で叩いて高速で跳ね返り、ジグザグの軌道を描きながら俺達の方へと飛んでくる。

跳ね返るにつれて速度も上がっていき、俺達の手前にたどり着く頃には、叩かれた木が大きくへこむほどの威力になっていた。

「わっ！」

リアは驚きながらも魔法を発動し、フライフィッシュを迎撃する。しかしフライフィッシュはかなり頑丈な上、素早くトリッキーな動きをするせいで狙いをつけにくいのか、なかなか打ち落とすことができないようだ。

というかフライフィッシュ、リアの動きを見ながら空中で姿勢を調整したりして、急所への直撃を避けている気がする。

リア一人で倒せるなら任せようと思っていたが、厳しそうなので俺がリアの前に出ることにした。

「まとめて吹き飛ばすぞ！」

俺は大量の岩の槍を生成し、フライフィッシュのいるあたりに、適当な狙いで数発撃ち込む。

フライフィッシュは急所を外そうとしたようだが、リアと違って、俺は最初から急所に当てるつもりなどない。

尾びれのあたりに岩の槍を食らったフライフィッシュは回転しながら吹き飛び、木に激突して絶命した。

俺はそれを横目に、次のフライフィッシュに魔法の束を撃ち込む。

近くに飛んできたフライフィッシュは、剣で二枚おろしだ。

そんな調子で倒し続けていると、十秒ちょっとでフライフィッシュを全て倒しきることができた。

「相変わらず、ものすごい力業ね……」

「いや、絨毯爆撃はちゃんとした戦術だろ」

それに途中からはリアもコツを覚えてきたようで、しっかりと撃墜に成功していた。

ミレイも参戦して、槍で叩き落としていたし。

「こいつら、明らかにCランクじゃないよな？」

「Cランクは、一匹ならの話よ。五匹を超えればBランク扱いされるわ。……こんなに大きい群れは、初めて見たけど」

「一発目から、そんなのに当たったのか……」

やはりミレイが最初に言っていた通り、遠くから各個撃破するのが正解だったか。

まあ、特に怪我をすることもなくフライフィッシュの動きが分かったので、よしとしよう。食材も沢山手に入った。

「逆に言えば、これでもうフライフィッシュを恐れる必要はないってことね。次を探すわよ！」

「たぶん、あっち！」

*

「これが、例の川か……」

「相変わらず、やたらと幅が広いわね……」

魔物を狩りながら進んでいくうち、俺達は対岸までの距離が数百メートルもありそうな大河の岸へと到着した。

しかし川の流れは大河と聞いてイメージするような緩やかなものではなく、まるで台風で増水した川の濁流を眺めているかのような気分になる。

「これ、渡るの？」

「渡れるのか？」

川には橋はおろか、渡し船の一隻すら見当たらない。渡れるようにできていないと思うのだが。

「泳ぎが得意なデシバトレ人が渡った例もあるし、頑張れば泳ぎきれそうだけど……ちょっとそんな気にはなれないわね」

泳ぐのか。その発想はなかったぞ。まあ、ミレイも本気ではないようだが。

「とぶのは？」

「俺は加速魔法を使えば、多分対岸まで届くが……ミレイは飛べるか？」

「飛べる訳ないでしょ……。私の魔法なんて、グリーンウルフを倒すのが精一杯よ？」

小さい炎を指先に灯しながら、ミレイが答える。

どうやら、川を渡るのは難しいようだ。

「そもそも、渡る必要があるのか？」

こちら側とは違い、対岸には木や魔物が全く見当たらず、とても見通しがいい。

アジトを作っても、川の近くからは見つけ放題だ。俺達が探すまでもなく、とっくに発見されている。

「言われてみれば、確かにそうね。それにこの川の対岸となると、ミナトニア付近とは呼べない場所になるわ」

「じゃあ、いったん戻って、手前の方を探すか……」

魔物を狩る際、森の奥はかなり広範囲に移動することになった。

もし森の奥にアジトがあるのなら、痕跡くらいは見つかっていいはずだろう。

『新世代の篝火』の連中だって、食事や水くらいは用意しなくては生きていけないだろうし、足跡だってつくはずだ。

小規模なアジトならともかく、大きいアジトでそれらを隠しきるのは困難だろう。

「森の奥にはなさそうだけど……手前はもっと見つかりやすいんじゃないの？　冒険者や果物農家が、毎日沢山入ってるのよ？」

「逆に言えば、人の痕跡があって当然ってことだからな。地下にアジトを作って出入りさえ隠してしまえば、案外見つからないかもしれない」

灯台もと暗しという奴だ。

その場合、どれが『新世代の篝火』の痕跡なのかを見分けるのが大変そうだが。

「もし見つかっても、魔物のせいにして処分したりしてそうね……。となると自分達で探すより、聞き込み調査でもした方がいいのかしら？」

「聞き込み調査って、どうやるんだ？」

「適当に冒険者を捕まえて、質問するのよ。大きいヤドカリに襲われて死んだ冒険者を知りませんか？　って感じで」

「そんなの、いないよ……」

「それ、俺達が『新世代の篝火』を見つけるために来ましたって言ってるようなもんじゃないか？」

「うーん。いいアイデアだと思ったんだけど……」

最後の手段としてはアリなのかもしれないが、初日から使いたい手段ではない。

「まあ、暗くなってきたし、潜水艦だけ開けて戻るか。ここなら見つからないだろ」

「そうね。なんか変なものが入っていないとは限らないから、リアちゃんは下がってるのよ」

「わかった！」

リアが少し離れたのを確認して、俺はアイテムボックスから潜水艦を取り出す。

それから俺は、ハッチを探そうとしたのだが……。

どうやら、その必要はなかったようだ。

「これ、開いてるぞ」

俺が地面に潜水艦を置くなり、潜水艦に空いた穴から、水が流れ出してきたのだ。

【情報操作解析】によると、出てきた水はただの海水であり、毒などは入っていないらしい。

「……どういうこと？」

「ちょっと、中を見てみるか」

何かあったらすぐに飛び退ける体勢を維持しながら、俺は潜水艦の中をのぞき込む。

中に入っていたのは、『新世代の篝火』謹製の魔道具……などではなく、岩の塊だった。

岩の他に入っているのは、なんだかよく分からない金属の残骸や、石ころなど。

魔道具に関しては、動力源になりそうなものさえ見つからなかった。

「なんでこんなのが、船に入ってるの？　なんか特別な鉱石とか？」

同じく中を見たミレイが、岩石でできた塊を持ち上げながら言う。触板の反応によると、魔力を遮っていたのはその石のようだ。

「ちょっと、割ってみるか？」

「まあ、危なくはなさそうだし……やってみる？」

魔力を遮っている石は少し気になるので、刃杖を叩き付けて砕いてみた。

こういう時、メタルリザードメタルの頑丈さは便利だ。

「……ただの石ね」

「ただの石だな」

「ふつうの、いしころ？」

三人の声が重なる。

石ころ。それ以外に言いようがなかった。魔力を遮るのは、元々古代遺跡の建材だった岩だとかの理由だろうか。

「となると、バラストの可能性が高いか」

「何それ？　この石の名前？」

「いや。要するに、重りのことだ。この船には動力源が積まれていないから、船を沈めるのに必要だったんじゃないか？」

「魔道具も積まずにそんなことしたら、戻ってこられないんじゃ……あっ！　あの靴ってもしかして……」

「これに乗ってた奴が使ったんだろうな。この船は、海底への片道切符代わりか」

よく見てみると、確かにこの潜水艦モドキは、デシバトレで見たものより大分作りが粗い気がする。

素材にメタルリザードメタルなど、特殊な素材が使われていないのも、使い捨てだからだろうか。

「のってたひとは、どうなったの？」

「ミレイが見つけた靴で歩いて、例の魔道具を設置して……靴を脱ぎ捨てて、海から上がったとか？」

「気圧の変化に耐えるのが大変だし、普通にスピアダーツの的よね？　普通に潜れるなら、沈む船なんて使わなくても大丈夫だし」

「だよなぁ……」

これを使った人がどうなったのかは、あまり想像したくなかった。

「まあ、これで大分犯人や協力者が絞り込みやすくなったんじゃないか？」

「えっ、この船って、そんなに情報あった？」

「潜水艦に動力がないってことは、他の船に積むなり曳航《えいこう》するなりして、目的地まで運ばなきゃならないってことだからな。そこそこ大きい船が必要だ」

「確かに、運ぶ方は結構大変そうね。向こうにカエデでもいれば、泳いで運べるかもしれないけど……」

「俺に限らず、デシバトレ人みたいなのが向こうにいれば、そいつを潜らせれば済むんじゃないか？」

「リアでも、だいじょうぶ！」

そうすれば、わざわざ大量の金属を使って作った船を、使い捨てにする必要もない。

証拠だって残らないし、設置もすぐだ。

「なるほど……。これはギルドに報告して、調べてもらった方がよさそうね」

「だな。早速戻るか」

動力なしの潜水艦モドキをアイテムボックスに詰めなおし、俺達はミナトニアへと戻り始める。

「……あれ？」

フライフィッシュなどを狩り尽くしてしまったせいでヤドカリしかいなくなった森を駆け抜け、ダシセウーユ畑を迂回したところで、リアが不意に声を上げた。

「どうかしたか？」

「まもの、いる？」

「魔物なら、目の前にいるが」

俺は近くにいたヤドカリを指しながら、リアの疑問に答える。

ちなみにヤドカリは初め俺を威嚇していたようだが、俺がそちらを向くや否や、殻に引っ込んでしまった。もうちょっと頑張れよ。

「そうじゃなくて、うみのへん？」

「海……まさか、港か!?」

「うん！」

ここから港までは、かなりの距離がある。

それなのにリアが探知できるということは、かなり大きい魔力反応だということか。

「ミレイ、ミナトニアの海に、強い魔物は出るか？」

「普通なら、木造の船が普通に使える程度の魔物しか出ないわ。……急いだ方がよさそうね！」

「ああ！」

どうやら、緊急事態らしい。

俺達は軽く走る程度だったミナトニア行きへのペースを、一気に全速力まで上げた。

＊

「飛び道具持ちの冒険者は、急いで港へ向かってくれ！」

「あんなでかい魔物、倒せるかよ！」

「Cランク以上の連中でも、全く歯が立たないらしい！　もうおしまいだ！」

「じゃあ、デシバトレ人だ！　デシバトレ人はいないのか！」

「駄目だ！　ブロケン攻略戦の関係で、今は来てない可能性が高い！　急いでデシバトレに救援を……」

魔物のことはすでにミナトニアにも広がっていたらしく、町の中は大騒ぎになっていた。

普段は身分証をチェックしている門番もどこかへ行ってしまったようで、俺達も素通りだ。

『これって、「新世代の篝火」も入り放題だよな……？』

『デシバトレと違って、連中はこの町に用がある訳じゃない気がするけど……一応気をつけた方がよさそうね。出てきた魔物は、「新世代の篝火」が召喚した可能性もあるし』

「はやく、たおそうよ！」

「……それしかないか！」

調査の都合上、あまり目立つことはしたくなかったのだが、そうも言っていられない状況だ。

見捨てる訳にはいかないし、倒しに行かないのは逆に不自然とも言える。

「見えたわよ！　あれは、巨大なイカ……まさか、クラーケン!?」

「クラーケンで間違いなさそうだな」

「けっこう、つよそう！」

俺達が港にたどり着くと、ちょうどクラーケンもミナトニアの港にたどり着き、上陸を始めようとしているところだった。

冒険者達が槍や弓といった武器を持って抗戦しているようだが、ほとんどダメージを与えられていない。

それどころか、腕の一振りでまとめて十人ほど吹き飛ばされている。

「あれ、結構強いわね。……っていうか、大きくない？」

「桁違いの大きさだな……」

よく考えると、さっきクラーケンが見えたのは、民家の上からだ。

クラーケンの背が民家より高くなければ、そのようなことは起こりえない。

体が大きいだけあって、ＨＰも今まで見た中で一番多い。というか桁外れに多い。

「じゃくてん、ない？　……これじゃあ、きかないよね？」

俺が浮かべた岩の槍をクラーケンにぶつけながら、リアが言う。

ＨＰは一応減っているのだが……クラーケンのＨＰと比べると、雀の涙だな。

「じゃあ、力業でいくわよ！　亜龍ほど攻撃力は高くなさそうだし！」

言いながらミレイが槍を構え、クラーケンへと走っていく。ミレイはどちらかというと素早さで勝

負するタイプだと思っていたのだが、こういうのもできるようだ。

俺も大型の炎魔法を作りながら、グラビトンソードを上段に構える。

そして、最後に加速魔法で勢いをつけて、触手のうち一本に斬り込んだ。

ザシュッ、という小気味いい音とともに、俺の攻撃を受けた触手が切れた。

太さがあるせいで切り落とすには至っていないが、どうやら切れ味に問題はないようだ。

「これなら、いけそうね」

「ああ。普通に攻撃が通るって、素晴らしいな……」

「おおきいけど、こわくないね！」

今までやたらと硬い連中を相手にしていたせいで、普通に攻撃が通るだけでもありがたみを感じてしまう。

リアはリアで、クラーケンの目に向かって魔法を撃ち込み、動きを妨害してくれているようだ。

「あの二人、デシバトレ人か⁉」

「男の方は間違いない。人間には不可能な動きだ。女の方も、九割方そうだな」

「おおっ！　いけるぞ！」

そういえば、人に見られながら戦うのって初めてだな。

周囲の声のせいでミレイやリアの声が聞こえなくなるといけないので、通信魔法を起動しておく。

『とりあえず、脚から落としていくか。胴体は大きすぎて、かなり時間がかかりそうだ』

『了解！』

俺達は、クラーケンの触手のうち、一番近くにあった一本に狙いを定め、集中的に攻撃する。

向こうも反撃してくるが、パワーはともかく速度はそれほどでもないので、跳んだりくぐり抜けたりして、割と簡単に回避できた。

しかし、いくら斬っても、クラーケンの触手はいっこうに落ちない。

『……そろそろ、切れてもいい頃のはずなんだが』

『きったとこ、もどってるよ！』

『あー。再生するパターンか……』

『でも、こうすれば！』

俺の斬撃でできた切断面に、リアが炎魔法を撃ち込む。

すると、その部分の傷口が、再生することなく残った。

範囲は五センチ四方くらいなので、よく見ないと分からない違いだが。

『傷口を焼けばいいのか。これならいけそうだ！』

俺も大量の炎魔法をまとめて浮かべ、グラビトンソードで斬るのとほぼ同時に、傷口へと放り込む。

着弾した炎魔法が爆発すると、今度は、はっきり分かるほど大きく焼け跡が残った。

『私は魔法が使えないし、クラーケンの動きを抑える方に回るわね。亜龍素材の槍とかあれば、私も役に立てそうなんだけど……』

『亜龍素材って、炎が出る奴か？』

確か、天文学的な値段がする代物だったはずだ。

亜龍の出来損ないの素材なら持っているし、今の手持ちなら買えないこともない気がするが。

『炎が出るというよりは、炎を纏う感じね。メタルリザードメタルほど頑丈じゃないけど、相手によってはとっても便利よ』

『確かに、便利そうだな……おおっ！』

『カエデ、どうかしたの？』

『なんか、剣から炎が出てきた』

亜龍の剣がとても便利そうだったので、試しにそういうイメージをしてみたら、剣が本当に炎を纏ったのだ。

そのままの状態を維持して、クラーケンを攻撃してみると、クラーケンの触手は切れると同時に焼け、再生しなくなった。

剣の切れ味にも問題はない――というか、むしろ上がっている気がする。

唯一問題点があるとしたら、剣が若干重くなったように感じることだろうか。振るのに問題が出るほどではないのだが。

『相変わらず滅茶苦茶ね……』

『いつもの、カエデだよ？』

リアよ。それだと俺が普段から滅茶苦茶な真似をしているみたいじゃないか。

今回炎が出たのは、剣の性能とかのせいだぞ。グラビトンソードには、亜龍の素材か何かが含まれているのだろう。……多分。

しかし、この剣（炎剣とでも呼ぶことにしようか）は本当に便利だ。

剣が炎を纏ってから間もなく、クラーケンが一本目の触手を失う。クラーケンも俺を最大の脅威と見なしたのか、リアやミレイを無視して、残った触手をまとめて俺に向けてきた。

『よし、一本目！』

残りの魔力に余裕があることを確認し、通信魔法を切った上で、俺も触手を迎え撃つ。できればもっと威力がほしいので、剣にも多めに魔力を込めてみた。

魔力が一気に消費される感覚とともに、剣が一気に重くなったが、全身の力を使って無理矢理振り抜く。

「そぉいっ！　……あれ？」

予想外の光景に、思わず間抜けな声を上げてしまった。

俺が剣を振った瞬間に、九本あったクラーケンの触手が、全てまとめて切断され、宙を舞ったのだ。

グラビトンソードの刃渡りは、クラーケンの触手の太さより大分短いので、剣が届くはずはない。

にもかかわらず、炎を纏ったグラビトンソードは、一刀のもとにクラーケンの触手全てを切断し、さらに胴体の半分を切り裂いていた。

一瞬遅れて、熱気と水蒸気を伴った爆風が、周囲に吹き荒れる。それと同時に、湯気と水しぶきで視界が白く染まった。

「うわっ！　暑い！」

「こうすれば、すずしいよ？」

クラーケンの近くにいたミレイが、叫びながら戻ってきた。

リアはすぐエアコン魔法を発動し、熱気を回避したようだ。

「……あれ？　急に爆発が起こったから、とっさに下がったんだけど……クラーケンはどこ？」

「あそこだ」

俺が指した先には、胴体をバッサリと切られ、港に倒れるクラーケンの姿があった。

【情報操作解析】で確認しても、完全に死んでいるようだが、復活などがないように、一応回収しておくか。

「え？　何？　一撃？」

「そこに落ちてる足一本を除けば、多分そうだな」

などと話しているうちに視界が晴れ、周囲の人々も状況を理解し始めたようだ。

「今の一撃、明らかに威力がおかしかったよな？　っていうか、剣と魔法どっちなんだ？」

「魔法だろ。あの長さの剣で届く距離じゃないし、亜龍の剣でもあそこまでにはならないぞ」

「でも、最初はあの剣で攻撃してたよな？　あの剣自体が魔法なのか？」

「ク、クラーケンの討伐に成功したぞ！　ギルドの勝利だ！　クラーケンも大したことねえな！」

「お前何もやってないだろ。っていうか、ほとんどあの冒険者一人で終わらせたよな？」

徐々に周囲が騒がしくなってくる。それと、なんだか注目が集まっている気がする。

『……なんか、注目集まってないか？』

『あれだけ派手に暴れれば、そうなるわよね。デシバトレ人にはよくあることだけど……今回は、まだ集まってきてるわよ』

『あっちからも、いっぱい！』

リアが示した方を見ると確かに、あちこちの道から、沢山の人が様子を見に集まってきていた。

爆発を見て逃げ出した人々も見えるが、少数派のようだ。

『これ、どうする？』

『とりあえず、逃げとく？』

『逃げて大丈夫なのか？』

『悪いことはしてないし』

確かに、悪いことはしていない。

町に魔物が出てきて、倒して、素材を回収しただけだ。魔物がクラーケンであることを除けば、ほとんど日常風景と言ってもいい。

うん。俺達が移動することには、何の問題もないな。

『……よし二人とも！　逃げるぞ！　目的地は宿！　一気に視線を振りきるんだ！』

宣言しながら、俺はリアの魔法で超えられる高さの民家を探し、地面を蹴って跳び越える。

少し遅れて、リアとミレイがついてきた。

ついてくるギャラリーは見当たらない。

そのまま俺達は、町中にある道も、道でないところも通って、宿の部屋へと駆け込んだ。

「なんとか、振りきれたみたいだな」

「追いかけてくる人も、いなかった気がするけど……これから、どうするの？」

「俺達がこの町に来たことは、さっきので百パーセント気付かれたとして……連中がどう動くかが問題だな。とりあえず、なんか怪しいものとか魔力反応があったら教えてくれ」

「わかった！」

できれば、急いで『新世代の篝火』のアジトを探したいところなのだが、それこそ俺達の目的を教えているようなものだ。

向こうの側に何か大きい動きがあれば、リアの探知に引っかかってくれる可能性が高いのだが……。

「あとは、例のクラーケンがなんで出てきたのかが問題だな。やっぱり、『新世代の篝火』の関係か？」

「アジトの近くだし、多分そうだと思うけど……狙ってやったのかが問題ね。そもそも『新世代の篝火』って、何が目的なの？」

「……分からん」

アーティファクトを嫌い、今の世界からアーティファクトをなくすのが目的だとか言っていた気もしたが、その割には連中、自分では普通にアーティファクトを使ってくるんだよな。

デシバトレに出来損ないの亜龍を呼んだのも多分アーティファクトだし。言っていることとやっていることが支離滅裂なのだ。

とりあえず、あちこちで魔物を召喚したり、重要なアーティファクトを壊して回ったりして、大きな被害を出していることだけは確かだが。

「まあ、クラーケンに関しては、待ってればギルドあたりから調査協力の話が来るんじゃないか？」

「死体の引き渡し依頼は、すぐ来る気がするわね」

「っていうか、きた？」

リアに言われて周囲の音に耳を澄ますと、確かに人が近付いてくる足音が聞こえる。

どうやら、かなり急いでいる様子だ。まだ触板の範囲には入っていないが、人数は十人といったところだろうか。

『ちょっと、人数が多くないか？』

念のために通信魔法を発動しながら、俺は呟く。

『クラーケンの死体は大きいから、運ぶのに人数が必要なんじゃない？』

『よろいも、きてる？』

足音に交じって、金属鎧のガシャガシャという音も聞こえるようだ。

クラーケンを運ぶのに鎧は必要ないし、ギルド職員は鎧など着ていなかったはずだが……。

『「新世代の篝火」が襲撃に来た可能性もゼロじゃない。一応警戒しておいてくれ』

『分かったわ』

リアが部屋の隅に立ち、ミレイが槍をすぐ手に取れる体勢になったところで、歩いていた集団が俺達の部屋の前で立ち止まり、ドアがノックされた。

「領主軍所属の衛兵団です。ドアを開けていただけますか？」

『衛兵……クラーケンの件で、話を聞きに来たってことか』

『どっちかっていうと、ギルドの仕事の気がするけど……まあ、領主軍でもおかしくはないわね』

ミレイと話しながら、俺はドアを開ける。

ドアの向こうには、衛兵達が立っていた。門番をしている時などとは違い、これからボス戦にでも挑むんじゃないかというほどの完全武装だ。一体何が始まるというのか。

「あなたがEランク冒険者、カエデですね？」

俺の顔を見て、衛兵が口を開いた。

「はい」

「領主様の命により、あなたを拘束します」

「えっ!?」

突然のことに、俺はとっさに自分のステータスを確認する。

もちろん、盗賊扱いにはなっていないし、賞罰の欄にもそれらしきことは書かれていない。

ミレイやリアも同様だ。

「ギルドカードにはこの通り、盗賊がどうとか全く書かれてないんだが」

「逮捕ではなく拘束だそうです。私達もよく分かっていないんですが領主様の命なので、できれば大人しくしていただけると……」

衛兵の声が、なんだか申し訳なさそうだ。どうやら衛兵にも状況が掴めていないらしい。

道理で、拘束するという割には対応が丁寧な訳だ。

『……何だこの状況。領主って、どんな奴なんだ？』

『評判はよくないみたい。私が前に来たのは代替わりの前だから、詳しくは知らないけど』

『代替わりしたのか』

『確か、去年の夏あたりね。今の領主はゾエマースって名前だったはずよ。……ちょっと可哀想だけど、衛兵達は倒しちゃう？　真面目に戦えば、二秒くらいで済むと思うし』

いや、倒すのはまずいだろう。ギルドカードが、正当防衛をどのくらい認めてくれるのか分からないし。

というか、確実に過剰防衛だと思う。

「拘束されるのは、俺だけなのか？」

「用意された拘束具も、この一つだけですし」

そう言って衛兵は、手錠のようなものを取り出した。どうやら特殊な素材でできており、装備した者の魔法の出力を大幅に落とす効果があるらしい。

しかし、強度が低そうだ。

メタルリザードメタル製でもなさそうだし、手を通す輪の太さは二センチ程度、それを繋ぐ部分に至っては、一センチほどしかないようだ。

『よし、いったん捕まることにしよう。拘束された理由も、領主に会えば分かるだろうし』

『分かったわ。私達は、少し離れて様子見するわね』

『リアも、ついてく！』

『……随分あっさりと送り出されたな』

自分から言ったことだが、拘束されることをこうもあっさりと受け入れられると複雑な気分になるぞ。

リアもミレイも、全く心配する様子がない。

『領主ごときが、カエデをちゃんと拘束できる訳ないじゃない。あっ、手錠は弱そうだから、壊さないように気をつけた方がいいわよ。その太さだと、ちょっと気を抜くとすぐ壊れちゃうわ』

『りょうしゅ、やっつける？』

『場合によっては、それも選択肢ね。領主館の一つや二つ、五分で更地にしてみせるわ』

『それ、普通に盗賊扱いされてもおかしくないからな？』

まあ【情報操作解析】を使えば、ギルドカードの賞罰は簡単に消せるはずなのだが。

だとしても、領主の意図が分からないうちに襲撃したり更地にしたりする気にはなれなかった。脱走なら、いつでもできるし。

「分かった。拘束を受け入れよう」

「ご協力ありがとうございます。では失礼して……」

俺は大人しく両手を出し、魔法の出力を落とす手錠の拘束を受け入れた。

これでしばらくは、魔法が使えないという訳だ。

……そのはずなのだが、通信魔法が切れる感覚が、いつまで経っても来ない。

『聞こえるか？』

『きこえるよー！』

試しに聞いてみると、通信魔法からリアの元気な声が聞こえた。

おい手錠。仕事しろよ。

魔法が使えるのはありがたいのだが、なんとなく釈然としなかった。

通信魔法の音量が少しだけ落ちたような気はするが、これのどこが『大幅に落とす』なのだろうか。

しっかりしろよ、という思いを込めて手錠を軽く引っ張ったら、手錠からピシッという嫌な音が聞こえて、俺は慌てて腕の力を抜く。

危ない危ない。もう少しで手錠を壊してしまうところだった。繊細なものだから大事に扱えと、ミレイに言われたばかりだというのに。

幸い、衛兵達には気付かれなかったようで、衛兵達は俺を取り囲み、移動し始める。

町の中心付近へと進み、衛兵詰め所の中を抜けると、地下牢のような場所にたどり着く。

中には、『魔法使い用』と書かれた金属製の檻があった。

触板によると、檻の底面は分厚い金属の塊になっているようだ。

俺がそこに入れられると、檻は金属製の閂によって施錠され、さらに閂の一部が魔法によって溶接された。

溶接するのは、アイテムボックスを使った脱獄を封じるための対策だろうか。軽い閂をつけただけなら、アイテムボックスに収納すれば簡単に外せるからな。

「大人しくしておいていただけると助かります。ここに私達がいる間はですが」

「できればその後で脱走して、あの領主をぶっ殺して代替わりさせてもらえるとありがたい」

「ドムール、ここには俺達しかいないからいいが、領主の手の者に聞かれたら、牢屋送りにされるぞ」

なんだか、聞いてはいけない発言を聞いてしまった気がする。

領主の評判が悪いという話は、どうやら本当のようだ。

まあ、盗賊扱いにすらなっていない人間を説明もなしに手錠をつけて拘束する時点で、ロクでもない奴であることは確かなのだが。

「俺はこの後、どうなるんだ？」

「詳しいことは、全く聞いていないんだが……領主は何か理由をつけて、処刑しようとしている気がする。できれば本当に脱獄してほしいんだが、いくらデシバトレ人でも魔法使いじゃ厳しいよな……」

「ドムール、お前そのうち捕まるぞ……」

「お前だって、俺らがいなくなったら脱獄してもいいみたいな言い方をしてただろ」

どうやら俺はまた、魔法使いと勘違いされているようだった。

魔法剣士という戦闘スタイルは一般的ではないようなので、仕方ないのかもしれないが。

「だったら、早く離れてくれよ。二人がそこにいると、脱獄ができないじゃないか」

「じゃあ、お言葉に甘えて。生きてそこから出られることを祈ってるぜ」

そう言い残して、衛兵達は地下牢から出て行った。

俺の位置から看守は見えないが、来る時に通ったルートをふさぐように看守室があったので、そこを封じることで脱獄を防ぐということなのだろう。

直接監視しないのは、投石などによって看守が倒されないようにだろうか。

『カエデ、今の状況はどんな感じ？』

『ちょうど今、牢屋に入ったところだ。監視はついてないな』

周囲の状況を確認したところで、通信魔法からミレイの声が聞こえた。

『牢屋に閉じ込められた。このまま待ってても状況は動きそうにないし、そろそろ脱獄するのも……あっ』

『何かあったの？』

『手錠が壊れた』

最初に引っ張った影響でダメージを受けていた手錠は、ついに真ん中から割れて、右と左が離ればなれになってしまっていた。

これではもう、手錠とすら呼べない。

魔法をほんの少し弱めるだけの効果を持つ、エキセントリックな形をしたブレスレットだった。

ちなみに手錠が壊れた際の音は看守にも聞こえたはずだが、看守が動こうとする様子は全くなかった。俺が来た際にもやる気が全くなさそうな様子だったので、多分動く気がないのだろう。

『あの細さの手錠じゃ、そうなるわよね……。手錠がついてるの忘れて動かそうとしただけで、簡単に壊れちゃいそうだし』

『むしろ、よくここまでもってくれたって感じだな。しかしここの衛兵達、やる気なさすぎないか？』

『前来た時は、そんなことなかったんだけど……今の領主って、そんなに人望ないのかしら』

『この様子だと、かなり酷いんだろうな。まあ、とりあえず脱走するぞ。今後のことはそれから考えよう』

『分かったわ』

『カエデ、はやくー』

通信を終えた俺は、早速檻の端に手を当て、アイテムボックスを発動した。

金属を沢山使用して作られた檻の重量も、俺のアイテムボックスの容量ほどではなかったようで、檻はあっさりと収納される。

それを確認して、俺は看守室の横をダッシュで駆け抜けようと――したところで、思いとどまった。

地下牢の出口が、実はもう一つあることに気がついたのだ。

その出口には周囲と同化するような見た目の蓋がしてあり、見ただけではそこが道に通じているなどとは全く思えないのだが、触板の反応ははっきりとそのルートの存在を示していた。

どこに向かうのかは分からないが、行ってみる価値はあるだろう。

普通に脱出できる可能性だけではなく、そこが領主の隠し部屋か何かで、弱みを握れる可能性もある。

最高のパターンとしては、実は領主が『新世代の篝火』の協力者で、地下牢の穴がアジトの入り口、などという可能性もなくはないか。流石に期待しすぎな気がするが。

『なんか別ルートみたいなのを見つけたから、そっちから出てみる。行き先が気になるから、地上から俺の位置を見ていてくれるか？』

『わかった！』

『了解！』

リアとミレイの返事を聞いてから、俺はアジトにつけられた蓋を外す。

蓋はこちらから開けられる構造になっていなかったが、触れさえすれば収納はできる。アイテムボックス様々だな。

脱走ルートがバレるのを少しでも遅くするため、隠し通路に入ってから、蓋は元に戻しておいた。

地下通路には灯りがついておらず、蓋を閉めると何も見えなくなってしまったため、俺はアイテムボックスから取り出した魔灯を頼りに通路を進む。

『どんな感じ？』

『灯りのない地下通路だ。少しずつ下に向かってるっぽいが……長さはあんまりないみたいだな。もう行き止まったぞ』

『分かったわ。じゃあ、そこに立ってる建物を調べてみるわね』

通路の長さは、三十メートルといったところだろうか。

出口には、入り口と同じく偽装された蓋があった。

俺はそれを、さっきと同じように開けようとして――蓋に当てる直前だった手を、途中で引っ込めた。

蓋の上から、なんかドアを開けるような音が聞こえたのだ。

続いて触板に、人間らしき反応が二つ出る。

片方はかなり太っており、もう片方は比較的痩せているようだ。

「まさか、ここまで上手くいくとは。流石ですね」

「だろう？　冒険者など、所詮はこんなものだ」

どうやら、中で何か話しているらしい。蓋の防音性は高くないようで、声が丸聞こえだ。

ドアの音もしたし、こちらの出口は、どこかの建物に繋がっているのかもしれない。

まあ、位置についてはもう少しすれば、リア達が教えてくれるだろう。

「それで、あの冒険者……ケーデとか言ったか？　あれは好きに処分して構わないんだよな？」

「ケーデではなく、カエデです。頑丈すぎて、恐らく絞首刑や通常の刃物による斬首は不可能なので、奴を倒せる処刑人を用意します」

んん？　なぜか、俺の名前が聞こえてきたぞ。

しかも、処刑がどうとか。まさかこいつら……。

「殺し方に興味はないから、好きにするがいい。俺が言っているのは、処刑の口実のことだ」

「口実なんて、殺人の罪でもかぶせればいいのでは？　適当に衛兵でも殺して、カエデに殺されたことにしましょう」

「元々はそうするつもりだったんだが、どうせなら俺が横領した金を、ケーデとやらに盗まれたことにした方がいいと思ってな。アイテムボックスの有効活用だ」

「おお、それは素晴らしい！　流石ゾエマース様、ご聡明でいらっしゃる」

片方の男（声からして、痩せた方だろうか）がもう一人を大げさに褒め称える声を聞きながら、俺はこの通路がどこに繋がっているのかを、なんとなく理解し始めていた。

そもそも、領主軍の詰め所に繋がる秘密通路を作れる人間など、かなり限られている。さらに、この会話の内容。まさかこの上にいるのは、領主本人なのではないだろうか。

その考えを裏付けるように、通信魔法からの声が聞こえた。

『ばしょ、わかったよ！』

『カエデが今いるのは、領主館の真下だわ！』

やっぱりか……。

どうやらこの通路は、領主が緊急時に使う非常通路のようなものらしい。

平然と偽装工作のために衛兵を殺すとか言ってるし、むしろ今まで犯罪がバレなかったのが不思議なくらいだ。やはり領主ともなると、身分証の確認も逃れることができるのだろうか。

『なあ。上から、俺にえん罪をかぶせる相談の声が聞こえるんだが』

『どうする？　更地にしちゃう？』

『とりあえず、もう少し様子見だな。更地にするかどうかは、それから考えよう』

『分かったわ』

俺はミレイと通信しつつも、領主達の声に耳を澄ませる。

「それで、クラーケンが一匹しか出なかった原因は分かったのか？　二匹出る予定だったんだろう？」

「恐らく、大分時間がかかるかと。あの深さに潜れる構成員は、ここの支部にはいませんので」

「早くしろ。俺の偽造身分証がバレる前に王家を滅ぼさないと、俺が破滅することになる。それは貴様ら『新世代の篝火』も同じだろう？」

「おっしゃる通りで」

『新世代の篝火』の協力に、身分証の偽造。おまけに王家転覆の算段か。

面白い情報が、次々と出てくるな。

それと、クラーケンは本来二匹出てくる予定だったらしい。

一匹しか出てこなかったのは、俺達が魔道具を一つ回収したせいだろうな。

「まあ、あのケーデとやらは、お前達にとって最大の障害なんだろう？　そいつを殺しさえすれば、後はやりたい放題か」

どうやら俺は、まだ名前を覚えてもらえないらしい。

名前も知らずに、拘束したのか……。

「デシバトレ人達もいますので、全くのフリーという訳にはいきませんが、大分楽になるでしょう。……拘束は万全なんですよね？」

「もちろんだ。闇市場で手に入る対魔法使い用の手錠の中で、最も強力なものを用意した。Bランクの魔法使いでも、魔法がほとんど使えなくなる代物だぞ」

その手錠、全く効いてないぞ。あと壊れた。

というか存在感がなさすぎて、残骸が腕につけっぱなしになっていた。後で邪魔になったりするといけないので、アイテムボックスに収納しておくことにする。

「もちろん、それだけではありませんよね？」

「ああ。重量一トンを超える檻を使った上で、鍵は溶接させたぞ」

「……他には？」

「ないぞ。それで十分だろう。魔法使い対策として、これ以上のものは用意できない。違うか？」

「まさかあなた、カエデのことを何も知らないんじゃありませんよね？」

どうやら男の声に慌てたような雰囲気が交じっているのは、多分気のせいではないと思う。

「知っているぞ。要はデシバトレ出身の、強い魔法使いだろう？」

「お前は馬鹿か！　いいから、早く拘束を強化しろ！」

すでに丁寧というより慇懃無礼《いんぎんぶれい》という感じになっていた男の口調が、ついに崩れた。

明らかに慌てた口調で、男は領主にまくし立てる。

「ば、馬鹿とは何だ！　あの手錠は確かに華奢な外見だが、Dランク剣士でも拘束できる強度があるんだぞ！　魔法使いごときに破られるものか！」

なんというか、ツッコミどころが多すぎて、逆にゲンナリしてきた。

コントはもういいから、情報をくれ。主に『新世代の篝火』のアジトの場所とか。

「奴は魔法剣士だ！　力の強さだけで言っても、デシバトレ人上位クラスだぞ！　魔法使い用の手錠など、奴が本気を出せば二秒で引きちぎられる！」

「馬鹿はお前だ。お前は例のケーデとやらの姿を見たことがないのか？　あのような体格の高ランク剣士など、いる訳がないだろう。そもそも手錠が破られたところで、檻がある！」

「あの見た目はフェイクだ！　檻だって一トン程度では収納されて終わりだ！　……もういい、お前のような馬鹿に、少しでも期待したのが間違いだった！　俺が直接地下牢に行く！」

……このままでは、脱獄がバレてしまうな。

『脱獄がバレそうだから、こっちから動くことにする。更地には多分しないけどな』

『分かったわ。援護は必要？』

『多分、一人で大丈夫だ。何も起きないとは限らないから、いざとなったら不意打ちできるようにスタンバイしてくれ』

『了解！』

『わかった！』

もう少し情報が出てくるかと期待したのだが、潮時のようだ。

二人の了承も取れたことだし、俺もそろそろ登場することにしよう。

「地下牢に行く必要はないぞ。俺はここにいるからな」

俺はそう言いながら、隠し通路の蓋を取り除き、部屋の中へと躍り出る。

「どうも、悪徳領主さん。カエデです」

それから礼儀正しく挨拶をしつつ、様子を窺ってみた。

【情報操作解析】によると、二人とも盗賊扱いになっているようだ。これなら多少痛めつけても、特に問題はないな。

白マントみたいに情報が取れるかもしれないので、できれば殺したくはないが。

「き、貴様がなぜここに！」

「お前のせいだろう！」

俺を見て声を上げた領主ゾエマースに、『新世代の篝火』の男が怒りに満ちた声を浴びせる。

ちなみに『新世代の篝火』の男は、ガユワラーという名前のようだ。

というかこいつら、なんで敵の前で仲間割れしてるんだ。

「護衛共、こいつを倒せ！　俺達は避難を――」

俺がアイテムボックスから金属棒を取り出すと、領主はようやく状況に気がついたらしく、叫びながら逃げ出そうとした。

ちなみに剣ではなく金属棒なのは、剣を使うとちょっとしたミスで簡単に殺してしまいそうだからだ。

「あ。これ返すぞ」

もちろん、領主が逃げようとするのを見逃すはずもない。

金属棒よりさらに安全な手段として、俺はアイテムボックスに入っていた檻を、逃げようと走り出した領主達の目の前に出現させる。

急に目の前に、重さ一トン近い金属の塊が現れたのだ。勢いを落とす暇があるはずもなく、領主達は顔面から全速力で檻に突っ込み、跳ね返された。

とても痛そうな音とともに、領主達が倒れ込む。

その隙を見て、俺は触板を使い、二人が魔道具などを隠し持っていないことを確認した。二人ともアイテムボックスは使えないようだし、安心して追い詰めることができる。

『領主達は、ちゃんと盗賊になってたぞ』

『盗賊なら、殺しちゃってもいいんじゃないの？』

『生きてれば、デシバトレ流ごうも……質問術が使えるだろ？　どうも「新世代の篝火」関係っぽいから、できれば生かして捕らえたい』

『どっかに協力者はいると思ってたけど、ここの領主自身が協力者だったのね……。となると――』

『例の畑は、かなり怪しいな』

『リア、みてる？』

『頼んだ。変な魔力反応がないかどうか、見張っててくれ』

『わかった！』

ミレイが前に来た頃には沢山売られていたはずのダシセウーユが、今は見つからないことに加え、壁で囲まれた畑のダシセウーユは、熟した様子だったのに収穫されていないのだ。

今考えてみると、俺達は畑の外周部分をかなり走ったにもかかわらず、畑の入り口は一度も見ていない。

怪しいことこの上ない。

「おっ、やっと来たか」

ミレイと話して時間をつぶしているうちに、領主館にいた者達が集まってきた。

構成は、柄の悪い男が半分、衛兵が半分といったところか。

柄の悪い方はほぼ全員が盗賊になっているが、衛兵は全員無罪だ。

なんとかこの衛兵達を味方につけて、領主達を尋問室送りにしたいところである。

「今だ、やれ！」

倒れ込んだままの領主の声とともに、盗賊達が剣を構え、一斉にかかってきた。

集団戦にはそこそこ慣れた盗賊達のようで、隊列に隙間がない。『新世代の篝火』による訓練の成果とかだろうか。

まあ、こんなのが集まったところでどうしようもないのだが。

デシバトレ人たちと比べると、ステータスが一桁違うし。

「そいっ！」

「がっ、ぐあああああああ！」

俺が金属棒を横なぎに振り払うと、盗賊達が固まって吹き飛んでいき、部屋の壁に激突する。

よく集まってくれたおかげで、かなり綺麗に吹き飛ばすことができた。

そのドサクサに紛れて、盗賊の一人がこちらに槍を投げてきたので、岩の槍をぶつけて打ち落としておく。

「この人数を、一瞬で!?」

「何だあいつ！　化け物か！」

「しかも、魔法まで！」

吹き飛ばされた盗賊達を見て、運良く叫べる程度の怪我で済んだ盗賊達が叫び声を上げる。

衛兵の方は……一応、俺と盗賊達の間に立ちふさがるように動いているようだ。

しかし、領主を守る気は感じられなかった。

というのも、誰も俺を攻撃してこない上、射線が空けられているのだ。

領主の前に立った衛兵達は、少し窮屈そうな姿勢を取ってまで、俺が領主に魔法を打ち込めるスペースを確保してくれていた。

しかも、心臓の位置に。

表情や動きから、不慮の事故に見せかけて領主を処分したいという気持ちが、ひしひしと伝わってくる。

似たような状況を、どこかで見たような……ああ、エレーラで、ラドムコスを討伐した時か。

すまない、衛兵達よ。俺は領主を殺す意思はないんだ。まあ死ななかったところで、領主を待っているのはもっと悲惨な未来なのだが。

「衛兵さん、そこにいる領主だった男は、すでに犯罪――」

『屋敷の外から、人が一人近付いてるわ』

俺が説得を始めようとしたところで、通信魔法からミレイの声が聞こえた。

『強そうか？』

『弱そうよ。特に怪しい雰囲気はないけど、対人専門の傭兵っぽい動きね。向こうの援軍かしら？』

『まどうぐも、ないよ！』

『分かった。じゃあそのまま通してくれ。こっちでまとめて確保してもらおう』

ミレイが捕まえると、衛兵への説明が大変そうだ。今のところは、ただ移動しているだけのようだし。

通信が終わってから僅かに遅れて、領主館の窓が蹴り破られる。

「レ、レイガー！　間に合ったか！」

「おう。お前は気に食わないが、呼ばれたから来てやったぜ。で、そいつを倒せばいいのか？　報酬はちゃんと出るんだよな？」

「ああ！　もちろんだ！　いくらでも出してやるから、そいつを倒してくれ！」

「いくらでも？　そいつは豪儀なことだな。まあ見た目からすると……ん？　そいつの顔、なんか見た、いや聞いた覚えが……」

窓を蹴り破ったレイガーとやらは、部屋に入るなり領主と報酬の交渉をし始めた。

そして、俺の顔を見るなり何やらおかしなことを言い出す。

「……俺は、お前のことなんて知らないんだが」

「貴様、レイガーを知らんのか！　一対一では負け無し、終《つい》の刃を超えるとまで言われる対人戦のエキスパートだぞ！」

レイガーに言ったつもりだったのだが、ゾエマースが横から頼んでもいない説明をしてくれた。

対人戦のエキスパートという話だが、終の刃と違い、盗賊ではないようだ。口調こそ横柄だが、悪人らしい感じもなく、むしろ一種の職人のような雰囲気がある。

「よーし衛兵共。盗賊が逃げられないように、窓と出口を固めろ。それと情報だ。何でもいいから、そいつについての情報をよこせ」

いきなり突っ込んできた今までの相手とは違い、レイガーはまず俺の戦闘スタイルを見極めようとしているようだ。

負け無しというだけあって、なかなか慎重だな。

少なくとも、名前も知らない人間を拘束しようとする奴よりは、よほどマシだろう。

「ぼ、棒を一振りしただけで、そこに伸びてる連中をまとめて吹き飛ばしたんだ！」

「見た目に反して、パワー型か。まあ、そういうのもたまにはいるよな」

言いながら、レイガーは構えを変え、俺の様子を窺う。

どうやらレイガーは俺を盗賊だと勘違いしているようだ。

もうなんか面倒になってきたから、全員まとめて気絶でもさせて、その後で落ち着いて説得しようか。その方がいいかもしれない。

俺がそんなことを考え始めた頃、ゾエマースが叫んだ。

「情報なら俺がやるから、早く倒せ！　そいつはデシバトレ出身だ！」

「デシバトレか、厄介だな。さっきの連中を吹き飛ばした時には、どんな方法を使っていた？」

「ただ棒を振っただけだ！　それと、魔法を使っていた！」

「……馬鹿力で近接武器を使う、デシバトレの魔法使い？　それに、その体格と年……まさか今俺の前にいる奴って、カエデって名前じゃないよな？」

「そ、そうだ！　そいつの名前は、カエデだ！」

その答えを聞いて、レイガーの顔が一瞬固まり、それから引き攣ったような半笑いになる。

その表情のまま、顔色がサーッと青ざめていく。

「……おい、衛兵共。冒険者にとって一番大切なことって、なんだか分かるか？」

衛兵達は返事をしない。

いきなり変な質問をされて、困惑しているようだ。

「分からんか。……それはな、戦っていい相手と戦っちゃいけない相手を、見誤らないことだ。……じゃあな。お前らも、命は大切にした方がいいぞ」

言うだけ言って、レイガーは入ってきた窓に飛び込み、一目散に逃げていった。

あまりの逃げっぷりに、思わず追いかけるのを忘れてしまったほどだ。

『カエデ、さっき入っていった冒険者が窓から出てきたわよ。捕まえた方がいいかしら？』

『多分、ほっといても大丈夫だと思う』

っていうか、あいつは何しに来たんだ。

俺は酷い脱力感を覚えながら、レイガーの出て行った窓を見ていたのだが……レイガーの逃亡は、今の状況に思わぬ効果をもたらしたようだ。

レイガーが逃げたことは、衛兵や盗賊達にとって衝撃だったようで、全員が戦意を完全に喪失している（衛兵についていては、元からあまりなかった気がするが）。

今こそ、説得のチャンス。

「俺は盗賊ではないし、衛兵と戦う理由もない！　今必要なのは、そこにいる犯罪者を逮捕することだけだ！」

そう言いながら、俺は指でゾエマースを指した。

「領主様の身分証は、毎朝確認が行われる。ざん……いや、もちろん領主様は、盗賊ではない」

今、残念ながらって言おうとしただろ。

そんなツッコミを心の中で入れつつ、俺は言葉を返す。

「朝は盗賊じゃなかったからといって、今もそうだとは限らないだろ？」

「バカバカしい。貴族に向かってそのような発言をしておいて、濡れ衣だったらどうするつもりだ？」

「その時は、大人しく牢屋に入ってやるよ」

俺の発言に、領主がニヤリと笑い、懐に手を入れる。ガユワラーも、それにならった。

「では、見せてやろう」

「……まさか、これが偽物だなどと言いがかりをつけるつもりはないだろうな？」

ニヤニヤ笑いのままの領主と、ガユワラーが取り出したカードを、俺はすかさず【情報操作解析】で分析する。

領主が取り出したのは、貴族向けの身分証で、ガユワラーが取り出したのは、市民向けの身分証だ。

どちらも魔法を使い、賞罰の欄を一部だけ固定してあるようだ。

完全な偽物ではなく、正式な身分証を改造したものを使うことによって、摘発を免れていたのだろう。

この領主にそのような知恵があるとも思えないので、『新世代の篝火』のアイデアだろうが。

「なっ……その身分証は！」

その、さっきまでは賞罰の欄に何も書かれていなかった身分証を見て、衛兵達が目を見開く。

「何だ？　どう見ても真っ白な――なぜだ!?」

反応が予想外だったせいだろう。領主は自分の身分証に目をやり、衛兵と同じように、いや、衛兵以上に強いショックを受けたようだ。

ガユワラーも、困惑の表情を浮かべている。

なにしろ二人の身分証には、その持ち主が盗賊であるということが、はっきりと書かれていたのだから。

「おい。本当に盗賊だぞ……」

「これ、どうすればいいんだ？」

「どうするも何も、盗賊なんだから逮捕して投獄、それから尋問だろ」

「もしかして、今までの恨みを晴らすチャンスか？」

盗賊二人の反応を尻目に、衛兵達は騒がしくなっていく。作戦は成功したようだ。

領主を守るポーズを取っていた衛兵達は、犯罪者となった領主を取り囲むように移動し始める。

「貴様、一体何をした！」

「何もしてないぞ？」

実際には、【情報操作解析】を使って、偽装された部分をさらに上書きさせてもらった訳だが。

今まではあまり使っていなかったものの、【情報操作解析】の力は、分析や鑑定だけではないのだ。

「これで分かっただろう？　犯罪者は俺ではなく、領主の方だ」

俺は自分のギルドカードをよく見えるように差し出しながら、衛兵達に告げる。

それを見た衛兵は、俺の期待に反して、顔をしかめた。

「……そのカード、偽物じゃないのか？」

この衛兵は、何を言っているのだろう。

俺のギルドカードは『新世代の篝火』の連中とは違って、百パーセント純正品だぞ。

「ただの棒であの威力を出せる奴は、絶対にEランクではないと思うんだが……」

「デシバトレにいると、ランクの更新が遅れるらしいぞ」

「それにしたって、普通はDだと思うが……まあ、デシバトレ人に常識を当てはめるだけ無駄か」

理由を伝えつつ、デシバトレカードを取り出すと、なんとか納得（？）してもらえたようだ。

フォトレンに帰ったら、絶対にランクを更新してもらおう……。

＊

それから少しの後。

無事に領主の引き渡しを終え、デシバトレ流質問術にかけてもらうことを頼んだ俺達は、例のダシセウーユ畑を探索するため、海岸付近に集まっていた。

もう浸水中だが、向こうが直接俺に手を出してきた以上、悠長に寝ている訳にもいかない。

かといって、俺達は交代で睡眠を取って戦いに備えられる人数がいる訳でもない。

範囲も絞れたことだし、短期決戦で捜索を終わらせてしまうのが一番だということになったのだ。

『時間がかかる可能性もあるが、二人とも大丈夫か？』

『私は大丈夫よ。一週間は徹夜でも戦えるわ』

『リアも、だいじょぶ！　だけど、いっしゅうかんは……』

『安心しろ。流石に一週間も続ける気はない』

もしリアが大丈夫でも、その前に俺が睡魔に負ける気がした。

そんな話をしながらも、俺達は外壁を跳び越え、町の外に出る。

門から出ないのは、少しでも『新世代の篝火』に情報を与えないためだ。

『夜中にまともに戦うのは、これが初めてかもしれないな』

『リアも、はじめて！』

真夜中の森は、昼間や夕方とは全く雰囲気が違う。

視界は最悪だし、魔物の鳴き声も、妙に強そうに聞こえる。

昼間なら全く相手にならないレベルの魔物だし、たとえ不意打ちを食らおうとも、腕を適当に振るだけで倒せる魔物が大半のはずなのだが。

『夜戦って、練習もなしにいきなりやるようなことじゃないんだけど……大丈夫？』

『リアは……うーん……えい』

ミレイの発言を聞いて、リアは目をつぶってから、森の中に小さい魔法を放った。

僅かに時間が経ってから、小さい鳴き声のようなものが聞こえ、何かが倒れるような音がする。

近付いて確認したところ、倒されたのは例のヤドカリの魔物のようだ。

哀れヤドカリ。

『目をつぶってても、攻撃を当てられるのね……。カエデはどう？』

『うーん……距離が二十メートル以上離れると、目を閉じて当てるのは無理だな』

それ以下の距離であれば、触板が届くので、目を開けている時と同じくらい正確に位置を特定することができる。

まあ、狙ったからといって当たるとは限らないのだが。

『いや、目は開けてていいわよ。っていうか普通五メートルでも当たらないから』

『目を開けていいなら……多分、昼間とそんなに変わらないな』

【情報操作解析】によるマーキング機能は、ほとんど見えていなくても機能するようだ。

対象を盗賊から生物全般に変更してみたところ、視界いっぱいに生物の居場所を表す赤いマークが表示された。

昼間でさえ見落としてしまうような小さな虫でも、これを使えば一発だ。

……虫の居場所を調べても仕方がないし邪魔なので、虫はすぐに対象から外すことにしたが。

『夜戦って、かなり経験を積まないと使いものにならないはずなんだけど……カエデ達を見てると、昼間と変わらないように思えてくるわね……』

通信魔法で話しながら、俺達は森を進んでいく。

『リア、魔法とか、人間の反応はないか？』

『んー……だれも、いないねー』

ダシセウーユ畑はかなり広いため、なんか手がかりがほしかったのだが、そう上手くはいかないようだ。

『大規模なアジトなんて、外に出ずに維持できるはずないと思うんだが……』

『もしかして、私達が来る前に逃げ出したとか？』

『その可能性は低いな。大規模に動けば、リアの探知に引っかかるはずだし』

ダシセウーユ畑の塀を跳び越えながら、俺はあたりを見回す。

ぱっと見でそれらしい反応や、足跡などは見当たらないようだ。

『地道に探すしかないか。見つかりやすい外周付近にある可能性は低いとして、真ん中付近を走り回ろう』

『この視界の中で走り回ったら、アジトがあっても気付けないんじゃないの？　どうせ偽装されてるわよね？』

『アジト探しにちょうどいい魔法があるんだ。範囲は広くないが、駆け抜けるだけで探知できる』

魔力を遮ってリアの探知を避けるようなものがあると、触板に変な反応が出るからな。それを調べれば、入り口はすぐに見つけられる。

地面いっぱいに魔力を遮る物質でも撒かれると厄介なのだが、そんな様子もないし。

『……うん。もうツッコむのはやめるわよ。不毛だわ』

『ツッコむ？　何の話だ……まあいいか。走り回るぞ！』

『おー！』

俺の宣言とともに、俺達三人はダシセウーユ畑の中を駆け回り始める。

手入れが全くされていないため、多少は下草が生えているが、元は畑だっただけあって、他の場所よりは大分マシだ。

地面が固いせいか、音がよく響く。

『これ、ものすごい目立つわよね？』

『目立つだろうな。それで連中から動いてくれれば、こっちとしても好都合だ。長期戦になると俺達は不利だからな』

『そういうこと。じゃあ、ガンガン騒いでいくわよ！』

『木はまだ収穫できそうだから、無駄に折らないようにな』

いくら『新世代の篝火』の隠れ蓑にされようとも、果物の木に罪はない。

まあ、『新世代の篝火』を逃がせば果物の木どころではない被害が出るだろうし、必要となれば躊躇なく叩き折るつもりでいるのだが。

『——おっ。二人とも、ちょっと待て』

『どうしたの？』

『なんか、みつけた？』

『ああ。魔力を遮断する反応だ』

そう言って俺は、地面を指した。

魔灯を使って照らしてみると、土の様子が周囲と少しだけ違う。掘り返したというか、何かを埋めたような跡があるのだ。

かなり注意して隠蔽されているらしく、かなり注意して見なければまず気付かないような違いだが。

『……これが、アジトの入り口なの？』

『たぶん、そんなかんじ！』

『掘ってみないと分からんな。リアがそう言うなら、当たってる気がするが』

言いながら俺はアイテムボックスから適当な道具を取り出し、土を掘り返す。

すると一メートルほど掘ったところで、蒼い金属のようなものでできた円盤に行き当たった。

どことなく、今までの遺跡で見たような、魔力を遮断する蓋と似ている。形から言うと、まるっきりマンホールの蓋だが。

『これは……』

『多分ビンゴだな。未発見の遺跡が、たまたま埋まってたとかでもない限り』

掘り返した跡があるので、その可能性さえほぼゼロな訳だが。

『でも、流石にこれだけじゃギルドに報告できないわよね？　かといって、開けたら……』

『そのまま、戦闘に突入だろうな。逃げようと思えば、普通に逃げられるだろうが』

『かがりびも、にげるよね？』

『まあ、そうなるな』

逆に、逃げる振りをして出てきたところを――いや、時間がかかりすぎるか。

『そうだ。いっそここから直接、【静寂の凍土】をだな』

『あの川ってかなり曲がりくねってるし、多分この畑からもあんまり離れてないとこを通ってるわよ』

『駄目か……』

『えーいっ！』

考えるのが面倒になってきたのだろう。

ついにリアが思考を放棄し、地面に埋まった蓋を引っ張り始めた。

『流石にそのサイズの蓋は、リアの魔法じゃ動かないと思うぞ』

『じゃあ、カエデも！』

『あ、私も手伝うわよ』

『……普通にアイテムボックスで開けるから、少し下がって戦う準備をしてくれ』

気付いたら、戦う方向で話が進み始めていた。

元々、こうなるような気はしていたが。

『それと、開ける前にフィオニーに連絡を入れておこう。ギルドに直接報告する時間はなくても、フイオニーから伝えてもらえるだろ』

そう言って俺はアイテムボックスから通信機を取り出し、魔力を注ぎ始める。

『フォトレンギルドに直接連絡できるのはいいわね。ミナトニアギルドは、どうなってるか分からないし』

『領主本人が、「新世代の篝火」側の人間だった訳だからな……』

こんな真夜中に連絡を入れるのもどうかと思うが、事情が事情だけに仕方がない。

申し訳なさを感じつつも、フィオニーに通信を繋げる。

寝ているだろうから、まずは起こして――

『んー？　この感じは、カエデ君かなー？　どうかしたのー？』

と思ったら、俺が話し始める前に、向こうの声が聞こえた。

『……あれ？　寝てなかったのか？』

『研究者の基本は、遅寝早起きだよー？　魔灯って便利だよねー』

『それ、ほとんど寝てなくないか？』

『遺跡とかに入る時には、ちゃんと寝てるから大丈夫だよー。それで、こんな時間に通信ってことは、何かあったのかなー？』

そういう問題ではないと思うのだが……。

『ああ。「新世代の篝火」のアジトの入り口らしきものを見つけた。これから戦闘に入るんだが、ギルドに連絡を入れる時間がなくてな』

『おっけー。じゃあ、ギルドに伝えとくよー。それでアジトって、どこにあるのー？』

『ミナトニアにある壁で囲まれたダシセウーユ畑の、中心を少し外れたあたりだ。全く動きがないから、開けてみないと確定とは言えないけどな』

これで蓋を開けてみたら、実は何かの残骸が地面に埋まっていただけとかだったら、大したお笑い草だ。

『分かったー。じゃあ、気をつけてねー。カエデ君達なら、多分大丈夫だけどさー』

『ああ。頼んだ』

通信を切り、俺は再度例の蓋に手を当てる。

『じゃあ、行くぞ。準備はいいか？』

『いつでもいいわよ』

『だいじょぶ！』

二人が魔法や槍を構えたのを確認した俺は、自分も浮かべられるだけの岩の槍を空中に浮かべ、蓋をアイテムボックスに収納する。

そして、蒼い金属でできた円盤が、音もなく姿を消し――次の瞬間、俺の顔や体めがけて、無数の矢と、大型のバリスタから放たれた槍が飛んできた。

「いきなりかよ！」

叫びながらも俺は特に威力の大きそうな槍を刃杖で叩き落とし、防具に込められた防御魔法で矢を受け止め、遺跡と思しき穴の中に仕込まれた迎撃兵器に、岩の槍を叩き込んで破壊する。

「大型弩砲による迎撃、失敗！　標的は無傷！」

「くそっ、やはり化け物か！　パターンBで防御を固めろ！」

それに続いて、中から人の声が聞こえた。

どうやら、待ち伏せされていたらしい。

『動きがなかったのは、穴に閉じこもって迎撃の準備をしたせいか。……少しでも魔法の出力を稼ぎたいから、いったん通信魔法を切るぞ』

『了解！』

『わかった！』

通信を切った俺は、穴の中に飛び込む前に、炎魔法を発動する。

そして、普段の数十倍の魔力を込め、穴の中へと放った。

「ぐああああああ！」

「一体何が……」

「奴の魔法だ！　落ち着いて対処を」

炎魔法が穴の中で大爆発を起こし、中にいた『新世代の篝火』の連中が悲鳴を上げる。

俺はこの隙を生かすべく、赤い炎が収まってすぐに飛び降りようとしたのだが——一度炎が収まった穴の中が再び赤く染まったのを見て、穴の縁を再度掴み、俺と同じように飛び降りようとしたリア達を制止した。

「待て！　いったん引くぞ！」

俺が二人を引っ張り、穴の縁から引き返した直後、穴から高さ数メートルにも及ぶ爆炎が吹き上がった。

離れた場所にいても吹き飛ばされそうな爆風とともに、地面が震動する。

「きゃー!」

「ちょっ！　あんな威力の魔法を使うなら、先に教えてよ!」

「あれは俺じゃない！　俺がやったのは、最初の爆発だけだ!」

「だったら、なんであんなことになるのよ!」

「分からん！　一瞬炎が収まったし、何かに誘爆した感じだったぞ!」

「まほうは、カエデのだけだった!」

どうやらさっきの爆発は、魔法によるものではないようだ。

もしあの大爆発が魔法によるものだったら、真っ先にリアが気付いて逃げ出しただろうし。

「となると、爆薬でも仕込まれてたのか?」

「爆薬って……まさか、物理爆薬？　あれって実在するの⁉」

「それ以外に説明がつかない。部屋いっぱいに詰め込んで、俺達が入った瞬間に起爆するつもりだったとかじゃないか?」

この世界では、爆薬が一般的ではないらしい。魔法を使った爆発が普通だから、わざわざ『物理』爆薬などという呼び名がついているのだろう。

しかし黒色火薬などは、作り方さえ分かってしまえばそこまで製造が難しいものではなかったはずだ。

それに爆発が終わった穴から立ち上る白い煙の臭いは、間違いなく火薬のものだ。

「この煙は多分有毒だから、もう少し下がるぞ」

「……結構吸っちゃったけど、なんともないわよ？」

「リアも、だいじょぶだよ？」

「強い毒性じゃない可能性も高いからな。それに、少し離れてるだろ？」

リアはダメージを防ぐ髪飾りをつけているし、ミレイに関してはそもそも、肺の中で空気を圧縮して長時間の潜水を可能にするような者に、火薬の煙ごときを心配する必要があるのかは分からないが。

などと考えつつも、俺達は後ろに下がる。不完全燃焼して、一酸化炭素が出たりしていると危ないしな。

「風魔法って、こんな感じか？」

手を前に出し、業務用の巨大扇風機をイメージすると、手の先から強風が吹き出し、白い煙を一瞬で吹き飛ばした。

風が強すぎたのか、下草がなぎ倒されたが、特に問題はないだろう。

「ちょっと、換気してくる」

俺は息を止めつつ、穴の入り口に近付き、穴の中へと風魔法を流し込んで換気する。

しばらく換気を続け、試しに少し息を吸ってみると、火薬の臭いは大分弱くなっていた。

自分のステータスを確認しても、特に状態異常が出る気配もない。

「よし、これで問題ないはずだ」

「物理爆薬への対処なんて、なんで知ってるのよ……」

「色々あって、ちょっとだけ知ってるんだ。自分で作れる気はしないし、作る気もないが」

本当は硝安《しょうあん》さえ手に入れれば、黒色火薬くらいは作れる可能性はあるのだが。

「いや普通はちょっとも知らないから。っていうか作れたら怖い——いや、カエデの場合、あんまり変わらないかしら？」

「まあ、カエデは、カエデだし！」

おい二人とも。それはどういう意味だ。

釈然としない気持ちを抱えつつも、俺は穴に飛び降りる。それに続き、ミレイとリアも飛び降りてくる。

中にいたのは、数十人の黒ローブ達だ。妙な形の槍で武装していたようだが、さっきの爆発を生き残った者はいないらしく、見るに堪えない惨状になっていた。

「とりあえず、一部屋確保か……」

「凄まじい数ね……。もし最初の魔法がなかったら、これが一斉に襲いかかってきた上——」

「多分、この連中に対処してる間に、例の爆発で部屋ごと吹き飛ばされただろうな」

「まほうじゃないと、いつくるかわかんないしねー」

『新世代の篝火』が味方の巻き添えを躊躇するような集団でないことは、とっくに証明済みだ。

むしろ嬉々として、味方ごと俺達を吹き飛ばしにかかるだろう。

狙ってやったのかは分からないが、リアの探知対策にもなっている。かなりえげつない作戦だ。

「とりあえず、部屋を封鎖するぞ」

この部屋には俺達が来た入り口の他に、四つの出口が存在する。

元々はドアがついていたようだが、爆発によって吹き飛ばされてしまったようで、今は溶けかけた窓枠の残骸と、ドアの一部だったと思しきねじれた金属塊がついているだけだ。

放っておくと挟み撃ちを受けかねないので、俺はその全てを、アイテムボックスから取り出した岩などで埋めた。

「これ、普通の槍じゃなさそうね」

連中が使っていたと思しき、折れた槍を地面から拾い上げ、ミレイが呟く。

その槍には、割れた魔道具の残骸と、何かが入っていたような空洞があった。

「ひの、まどうぐ？」

「……なんか、変なものがついてるな」

完全な状態のものは残念ながら見当たらないが、残骸でも何か分かるだろうか。

俺はあまり期待せずに、【情報操作解析】を発動する。

だが【情報操作解析】は、思った以上の効果を上げてくれたようだ。

「これの機能が分かったぞ」

「やっぱり、魔道具？」

「半分魔道具、半分爆弾だな。……ここに火薬が詰めてあって、ボタンを押すと中に仕込まれた魔道具で起爆するらしい」

「火薬って、物理爆薬のこと？　物理爆薬って、火をつけると爆発するのよね？　そんなことしたら、燃え広がって大変なことにならないの？」

「それが狙いなんだろ。槍で攻撃すると見せかけて、実は人間起爆装置って訳だ。爆発の規模からして、本命の火薬は壁にでも仕込んでたんじゃないか？」

「うわ……狂ってるわね……」

ミレイの言う通り、まさに狂気の沙汰だ。

これだけの罠が用意されていたということは、『新世代の篝火』は恐らく最初から襲撃を受けるつもりだったのだろう。

「ここから先も、かなり酷い罠があるのを覚悟した方がよさそうだな。慎重にいくぞ」

「分かったわ。リアちゃんは私の後ろに隠れてて」

「リアも、たたかうよ？」

「リアは射線が真っ直ぐ通ってなくても大丈夫だよな？　魔法はどうせ追尾するんだし」

「あっ、たしかに！」

リアがミレイの後ろに隠れたのを確認して、俺は隣の部屋の様子を探る。

やはりこのアジトは古代遺跡を改造したものらしく、外壁はほとんど魔力を遮断する物質でできているが、遺跡の内側の壁は魔力を通すようで、触板を使って隣の部屋の様子を探ることができた。

とりあえず、壁に隙間などは見当たらないようだ。壁に爆薬を詰めたとしたら、多少は隙間ができるはずなので、爆薬は仕込まれていないと見ていいだろう。そもそも爆薬が仕込まれていたら、すでに誘爆している可能性が高いが。

「リア、中に魔道具や、魔法的な罠の反応はないか？」

「んー……すこし、あるけど……よわそう？」

「弱そうな魔道具……罠の一部とかだと厄介だな。まあ、これでなんとかなるか」

言いながら俺は、ズナナ草精製液を使った回復薬をアイテムボックスから取り出し、三人に行き渡らせる。

最後に、リアの髪飾りに魔力が充填されていることを確認しておく。

『俺が魔法を撃ち込んでから、一人で突入する。ミレイとリアは外から援護して、大丈夫そうだったら入ってきてくれ』

『わかった！』

流石に相手に聞かせる訳にはいかないので、通信魔法で二人に作戦を伝える。

『一人で大丈夫なの？』

『いざとなったら加速魔法で離脱するから、ドアの前は開けといてくれ』

たとえ目の前で爆薬に火をつけられても、全力で加速魔法を使えば、巻き込まれることなく離脱できるはずだ。

反対側の壁に激突して止まることになるので、とても痛いだろうが。

『一人の方が、逆に逃げやすいってことね。……分かったわ』

『じゃあ、行くぞ！』

通信魔法で作戦会議を終え、俺は出口に置いていた岩を撤去して炎魔法を打ち込み、最後に風魔法を発動しつつ、隣の部屋へと突入する。

「くっ……」

部屋の隅では数名の黒ローブが弓を構えて俺達を待ち構えていたが、風魔法の暴風によってバランスを崩したようで、矢は飛んでこない。

そこに俺の岩の槍と、リアの魔法が命中し、黒ローブを全滅させた。

「思いつきで使ってみたんだが、風魔法も意外と使えるな」

風魔法は威力が低く、攻撃力で言えばヤドカリくらいしか倒せなさそうだが、射線を通す必要もなく、敵が何人いようとも一瞬でまとめて姿勢を崩せるのは、対人戦では大きい。

特に今のように、明らかに待ち伏せされている状況では理想的だ。

「あれ？　何か、さっきと比べてショボくない？」

「爆発のせいで数が減ってたせいじゃないか？　扉とか溶けてたし」

「でも、武器も多分、普通の弓よ？　毒くらいは塗ってあるかもしれないけど」

そんなことを言いながら、俺達は部屋を見回す。

俺に攻撃を仕掛けてきたのは数人だが、元々は黒ローブももっと沢山いたらしく、破壊されたドアのあたりには黒ローブの死体が散らばっていた。

「あそこ、わなだよ！」

部屋の中の様子を探っている途中、リアが地面に向かって、小さい土魔法を放った。

すると、そこから炎が吹き出した。

しかし炎とはいっても突入時のような爆発ではなく、普通にものを燃やした程度の勢いであり、デシバトレ人であれば普通に踏みつぶして歩けそうだ。

リアは地面だけではなく、天井にも魔法を放つ。

すると今度は、天井から水が噴き出す。

なんか毒でも混ぜられているのかと思い、【情報操作解析】で調べてみるが、中身は普通の水だった。ちなみに元は井戸水らしい。

「うーん。確かにショボい……」

「嫌がらせレベルにしかならないわよね、これ」

「まあ『新世代の篝火』にとっても、あの量の爆薬とか特殊な魔道具を用意するのは簡単じゃないんだろ」

「だからって、こんなにショボい嫌がらせをしても、仕込む魔道具の無駄じゃないの？　こんなのでも、そこそこ値段はするはずよ」

リアによって無駄打ちさせられ、ただのガラクタと化した魔道具をつまみ上げてミレイが言う。

ミレイの言う通り、こんなものは仕込むだけ無駄な気もする。

「……考えられるとしたら、時間稼ぎか？」

「こんなのが、時間稼ぎになるの？」

「最初にあんなのを見せられたら、小規模な魔道具でも警戒しない訳にはいかないからな。こんな魔道具でも、時間を取らせられる。……リア、ここからでも外の魔力って探れるか？」

最初の一撃が俺達を殺しにかかっていたのは確かだが、ここに仕込まれている魔道具からは、俺達を殺そうという意思が感じられない。

もし時間稼ぎが目的であれば、時間稼ぎをする意味があるということだ。

「ふたがあいてれば、だいじょぶ！」

「じゃあ、他の場所で似たような蓋が開いた反応があれば教えてくれ。時間稼ぎをしている間に、別の出口から逃げ出す作戦かもしれない。あとは、でかい魔物の反応もだな」

「わかった！」

「あとは、油断しないように気をつけよう。弱い罠で油断させといて、もう一度吹き飛ばしにかかってくるかもしれないからな。……じゃあ、次行くか」

「了解！」

こうして俺達は、『新世代の篝火』のアジトの部屋を、一つずつ制圧し始めた。

俺が先に突っ込んで、中にいる構成員を倒して、魔道具を破壊するか無駄打ちさせる。ひたすらこれの繰り返しだ。

最初の爆発を切り抜けてからは、特に強力な罠に遭遇することもなく、合計で四十ほどの部屋を制圧した。

しかし、いくら部屋を抑えても、次から次へと新しいドアが出てくる。

未制圧のドアは、向こうから開けられたりしないように岩でふさいでいるが、未制圧範囲は増えるばかりだ。

「これって、一体何部屋あるんだ？」

「んー……へやとかは、よくわかんない……ひろさだと、いまのばいくらい？　みえないとこもあるよ！」

「見えないところって、入り口の蓋みたいな感じか？」

「うん！」

どうやらエレーラの遺跡にあった、魔力を通さないドアはここでも使われているらしい。

リアの魔力探知などで、なんか有力な情報が見つからないかと、試しに聞いてみたのだが、

「倍ってことは、単純計算で残り八十部屋か。道は相変わらず、下に向かって続いてるのか？」

途中で気がついたのだが、この遺跡は平らではなく、複雑に分岐しながら地下深く向かっているようだ。

「たぶん、そうだけど……なんで？」

「ショートカットでも、試してみようかと思ってな」

遺跡がもう少し狭いか、せめて範囲の全てを探ることができれば正攻法で攻略してもいいのだが、このままでは時間がかかりすぎる。

『新世代の篝火』の連中が別の出口から逃げ出そうとしたことに気付けても、追いかけるのが間に合わなくなる可能性も高い。

「魔法で地面をぶち抜く。要は、川をふさがなければいいんだよな？」

「あの爆発に耐えた壁を、魔法で壊せるの？」

「可能性はある。魔力消費も小さくないから、あまり使いたくないんだけどな」

デシバトレに出現した亜龍を倒す際、使った詠唱魔法の中に【大火球】というものがある。

名前だけ聞くと炎系の魔法のようだが、実際には空から小型の隕石を降らせ、対象に直撃させる魔法だ。

剣や通常魔法でビクともしない亜龍のＨＰを数割単位で削り取るほどの威力を持ったあの魔法なら、古代遺跡の外壁を破壊できてもおかしくはない。

「また何か、恐ろしい魔法が出てきそうね……。まあ他に方法もないんだし、やっちゃえば？」

「なんか、たのしそう！」

「別に楽しくはないと思うが……とりあえず、さっきの天井の高い部屋まで戻るか」

少し前に制圧した部屋の一つに、天井の高さが十メートル近い部屋があったはずだ。

【大火球】を地中深く届かせるには、あそこが最適だろう。

「床が低い部屋じゃなくて、天井の高い部屋なの？」

「空から隕石を降らせる魔法だからな。床に突っ込ませるには、まず天井をぶち抜かなきゃ話にならない。あとは遺跡が崩れても大丈夫そうな、柱の多い部屋も必要だな」

「古代遺跡に隕石を突っ込ませるとか、フィオニーが聞いたら怒りそうね……」

「緊急事態だし、不可抗力だ。『新世代の篝火』を野放しにするよりは、大分マシだろうしな」

実際に『新世代の篝火』はオルセオンで火山を噴火させた際、遺跡をいくつもまとめて破壊している。この遺跡も、建物はともかく中身は原形をとどめていないようだし、似たようなことを繰り返しているとすれば、壊された遺跡は十や二十では済まないはずだ。

……でも一応、フィオニーには黙っておこう。

「あの部屋なんかどう？　部屋も小さいし、狙う場所からもちょうどよく離れてる気がするけど……魔法を使ってからで、間に合うかしら？」

戻る途中で、ミレイが途中の部屋の一つを指して言った。

確かに、避難先にはちょうどよさそうだ。

【大火球】は、着弾までに少し時間がかかるからな。詠唱してからでも余裕を持って間に合うはずだ。待避場所はここにしよう」

俺は部屋の位置を覚えつつ、天井の高い部屋へとたどり着く。

「部屋の周囲に、敵とか人影はないか？」

「このへんは、だいじょぶ！」

「カエデが置いた岩も、動かされてないわよ」

詠唱の前の最終確認。どうやら問題はないようだ。

近くの部屋は全て岩で封鎖した後なので、今の状態から敵がここに来るには、大岩で封鎖されたドアを三枚は開ける必要がある。詠唱中を襲われる心配もないだろう。

「じゃあ、詠唱するぞ。待避の準備はいいか？」

「問題ないわ」

「うん！」

二人の返事を確認して、俺はアイテムボックスから『魔導結晶・接続用分体』と、【大火球】の詠唱が書かれた巻物を取り出す。

「魔導結晶への接続を要請」

魔導結晶が俺の言葉に反応し、青白い光を発し始める。

俺の魔力が強くなったせいなのか、結晶の輝きも以前より強いように見える。

《我が魔力の全てを魔導の結晶に委ね、石と言葉によって魔導の結晶を制御する》

俺の言葉に魔導結晶が共鳴して声の響きが変わると同時に、体内の魔力が一気に吸い上げられるのを感じる。

詠唱文のように全て持っていかれるとまではいかないが、二割くらいは消費することになるだろう。

《比類なき速度をもって対象を射貫き、質量と熱量をもって破壊せよ》

《術式によって世界に干渉し、天よりの裁きを下せ！》

俺が巻物に書かれた詠唱を一気に読み上げると、魔導結晶の輝きが一瞬強まり、それからすぐに収まった。

どうやら【大火球】は、無事に発動したようだ。

「よし、逃げるぞ！」

「おー！」

ここからは、時間との勝負だ。

宣言とほぼ同時に、俺とミレイは走り出し、リアは地面から足を離して飛び始める。

俺達が待避場所へとたどり着くまでには、五秒もかからなかった。

「よし、ふさぐぞ！」

全員が入ったことを確認し、俺はドアの前に大量の岩石を積んでバリケードを築く。

それから少しして、轟音とともに地面が揺れた。

「わっ！」

「結構、揺れるわね！」

地面に下りていたリアが慌てて飛び上がり、ミレイがバランスを取りながら声を上げる。

デシバトレで使った時にはこんなに揺れなかったのだが、やはり亜龍が威力を受け止めたせいだろうか。

それでも揺れは最初が一番大きかったようで、次第に収まってくる。距離を取ったかいあって、この部屋にはひび一つ入らなかった。

「……さて。問題は、これでどうなったかだな」

俺は動きが完全に止まったのを確認してから、バリケード代わりにしていた岩をどかし、ドアを探し始める。

「なんか、暑くない？」

「隕石が突っ込んだ訳だからな」

隕石が落下すると、隕石が元々持っていた運動エネルギーの一部は熱に変換されることになる。

そのせいで、温度が上がるのだ。

「……あれ？　ドアはどこだ？」

いくらどかしてもドアが見つけることができず、俺が疑問に思い始めた頃、リアがドアのありかを教えてくれた。

「ドア、そこにあるよ！」

リアが指した場所は、大して邪魔にならない位置にあったため、俺が収納せずにいた瓦礫の一部だ。

そこにはねじ曲がり、原形をとどめていないドアの破片が交ざっていた。

ドアの代わりに出口をふさいでいたのは、外から飛んできたと思しき残骸達だ。

「これは、なかなか期待できそうだな」

「とりあえず、あの部屋までは届いてそうね」

残骸をアイテムボックスに収納し、通路を通れるようにすると、天井の高い部屋があった場所に、太陽の光が差し込んでいるのが見えた。

俺達は足下に気をつけつつも、そこに向かって進んでいく。

「これは……想像以上の威力だったみたいだな」

【大火球】が直撃した部屋はもちろん、その隣の部屋すら跡形もない。

深さに至っては、触板を使っても探りきれなかった。

表面には一部、熱で溶けたような跡まである。

「前に使ったことがある魔法じゃなかったの？」

「この前使った時には、亜龍に直撃させたからな」

亜龍がいかに頑丈な魔物だったのかが、よく分かるというものだ。

できれば、もう二度と相手にしたくない。

「うーん。よく見えんな……」

下の方は土煙が酷すぎて、全く様子が分からない。

【大火球】の熱のせいで周囲の土とかが乾ききって、大変なことになっているようだ。

水魔法を使って適当に穴の中を濡らしつつ、俺は中の様子を探る。

穴の最下部はかなりの高温になっているようで、水を入れると、水蒸気が上がってくるのを感じる。

「ちゃんと、つながってる！」

最初に下の階層へ続く穴を見つけたのは、リアだった。

リアが指したあたりに重点的に放水すると、確かに横穴が見えた。

「えいっ！」

横穴が見えるようになると、リアが穴の中へと飛び降り、魔法で飛んで入っていった。

俺達もリアの後に続いて、穴へと飛び移る。

間違って落ちるとどんなことになるのかは想像もしたくなかったが、なんとかちゃんと飛び移れたようだ。

飛び降りる途中で、ここより俺達がいた場所に近い位置に、いくつか横穴があったことに気付く。

下には見当たらないので、恐らくここが【大火球】によって穴からアクセスできる、最も深い場所だろう。

「いきなり飛び込むのは危ないから、次からはちゃんと私達を待って飛ぶのよ？　リアちゃんなら、心配はいらないのかもしれないけど……」

「危ないのもそうなんだが、もっと近くにも結構出口があるのに、なんで最初にここを見つけたんだ？」

「なんか、まどうぐがいっぱい！」

「魔道具？」

「あっちのほう！」

そう言いながら駆け出そうとするリアを、俺は引っ張って止める。

ついこの間、爆薬で吹き飛ばされそうになったことを、もう忘れたのだろうか……。

「罠の可能性もあるから、注意して進むぞ」

「むー……わかった」

今まで以上に気をつけて罠の反応を探りつつ、俺達は遺跡の中を進んでいく。

最初の通路を抜け、初めて入った部屋の隅には、上層とは違ったものが落ちていた。

それは罠ではなく、羊皮紙を束ねて作られた、何かの書類だ。

【情報操作解析】を使って危険がないことを確認し、拾い上げて中を見てみる。

『第二十二次ドラゴン召喚実験報告書　第二支部魔術司祭　メイルス』。

最初のページには、そう書かれていた。

「なんか色々と、面白そうなものが落ちてるな」

よく見てみると、落ちているのは書類だけではなかった。

それに加えて地面や扉には、ごく最近何かをぶつけたような跡や、引きずったような跡、それから何かを燃やしたような跡がある。

恐らくアジトが【大火球】による攻撃を受け、逃げきれないと判断した『新世代の篝火』が、見られるとまずいものを燃やしたのだろう。

よほど急いでいたのか、ところどころ燃やし忘れた書類や、一部が燃え残った羊皮紙が残っている。

「それ、羊皮紙よね？　紙だけでも、かなりの値段になりそうだけど……外国語で書いてあるのね。もしかして読めたりする？」

「ドラゴン召喚実験の報告書とやららしい。まあ、特に使えそうなのだけ回収して、残りは後でだな」

この様子だと、他の部屋にも何か落ちている可能性が高いだろう。

それどころか、敵の幹部級を拘束できる可能性もある。

急いだ結果として罠にはまっては本末転倒だが、できる限り攻略速度は上げたいところだ。

「あんな切れ端まで拾ってたら、その間に逃げられちゃうものね。それで、どっちに進むの？」

「こっち！」

部屋には俺達が入ってきた場所の他に、二つの扉がついていたが、リアは迷わず右にある方を指した。

俺には同じ扉にしか見えないが、リアにとっては違うらしい。

さっき言っていた、魔道具の方向だろうか。

「リア、魔道具もいいが、人のいる方向も気をつけてほしいんだが……」

「それでも、こっち！」

人は逃げるが、魔道具は逃げないので、基本的には構成員が優先だ。

『新世代の篝火』の魔道具を放っておくと、ドラゴンとかが出てこないとも限らないのが厄介だが。

『ここ、いっぱいいるよ！』

その後もいくつかの無人の部屋を抜け、最終的にたどり着いたのは、広い部屋の前だった。

扉は閉まっているが、触板でも部屋全体を探りきれていない。

しかし探れる範囲だけでも、部屋の中に沢山の人がいることは分かった。範囲内にある反応だけでも、四十人はいるだろう。

他の部屋が全くの無人だったあたりを見ると、ここに戦力を集中させて、俺達を迎え撃とうという腹だろうか。

こんな状況だと、リアも流石に大声を出す気は起きないのか、自分で通信魔法を使って俺達に状況を伝えてきた。

『魔道具も、この大部屋か？』

『うん！』

できれば詠唱魔法などを使い、一気に制圧したいところだが、ちょうどいい魔法がないな。

やはり、正攻法だろうか。

『状況がよく分からないんだけど……この部屋って、そんなにやばいの？』

『ああ。敵の数は、最初の部屋より多いはずだ。罠は……どうなんだ？』

『んー……カエデなら、だいじょぶ？』

『だそうよ、カエデ』

言いながらミレイが俺の方を見て、それから指で扉を指す。

そして扉の横に下がり、槍を片手に持ち替えて、投擲用の小石を取り出した。

確かにミレイが投げれば、ただの小石でも下手な弓矢以上の殺傷力を持つことになるのだが……。

リアはリアで、扉を挟んでミレイの反対側に立ち、魔法を用意し始めた。

『……もしかして、俺を一人で突っ込ませるつもりか？』

『もしかしても何も、最初からそうじゃない。リアちゃんも大丈夫って言ってるし、カエデならいけるわよ』

『リアのあれは、疑問形だったと思うんだが』

『カエデなら、だいじょぶ！』

言い直されてしまった。

しかしよく考えると、確かにそれが最適解な気がする。

大部屋に繋がる通路は真っ直ぐで距離もあるため、加速魔法での離脱にも最適だ。

『分かった。俺が行こう。ただ、扉に近すぎると爆発とかが起こった場合に巻き込まれる可能性があるから、もうちょっと下がっててくれ。それともし爆発が起きた場合には、水中に潜る時みたいに息を止めるんだぞ』

『了解よ』

『わかった！』

二人が配置についたことを確認し、俺は炎魔法を起動する。

今回は部屋が広いため、十発まとめてだ。

『じゃあ、行くぞ！』

かけ声とともに俺は扉を開き、大部屋の中に炎魔法を放った。

「来たぞ！　かかれ！」

「敵は扉Cから侵入！　全迎撃用魔道具、起動しろ！」

大部屋自体に爆薬は仕込まれていなかったが、外から触板で探れた範囲とは、比べものにならないほど広かった。

中にいる黒ローブの数も、百や二百ではない。これが複数ある拠点の一つだとすると、『新世代の篝火』という組織は、どれほどの大きさなのだろうか。

そして俺の姿を見た瞬間、その全員が一斉に、俺へと攻撃を放ってくる。

攻撃の中には最初の大部屋で見た爆弾付きの槍も含まれており、断続的に爆発が起こる。

俺は煙を吸い込まないように息を止めながら、弱い攻撃を防具と魔力で受け止め、威力の大きそうなものをかわす。

同時に、人の集まっている場所や大きい魔道具の置かれている場所に、連続して炎魔法を放つ。地下で連続使用するにはやや不安のある魔法だが、今は安全性より制圧力がほしい。

リアやミレイも大部屋の外から援護してくれているようで、大部屋の入り口から投げ込まれた小石が轟音とともに黒ローブの頭を吹き飛ばしたり、小さい魔法が魔道具持ちをピンポイントで狙い撃ったりしているが、敵の数が多すぎて、魔道具の起動を全て止めることはできない。

そして、破壊し損ねた魔道具のうち一つが起動し、赤く輝きながら、俺に向かって青白く光る炎の塊を打ち出してきた。

俺がとっさに踏み込んでかわすと、着弾地点からほとんど爆発に近いような勢いの炎が上がり、周囲にいた黒ローブ達を巻き込みながら、俺を吹き飛ばそうとしてきた。

なんとか無傷で受けきることができたが、単なる魔道具だとは思えない威力だ。

アーティファクトではなさそうだが、使い捨ての、寿命や使い勝手と引き替えに威力を突き詰めた魔道具だろうか。

そんな疑問を挟む間もなく、今度は二つの魔道具が、同時に起動した。

片方は、さっきと同じ炎の魔道具。もう片方は黄色く輝きつつ、無数の針を俺に向かって打ち出してきた。

「そこだ！」

俺はアイテムボックスから取り出した石を魔道具から打ち出された炎の塊に当て、わざと起こした爆発で針をまとめて吹き飛ばしながら、余った魔法で周囲の黒ローブを打ち倒す。

『黒ローブより、魔道具の方が危険だ！　魔道具持ちを狙ってくれ！』

『わかった！』

『了解！』

包囲網が崩れ、魔道具の攻撃が途切れた隙に、俺は一瞬だけ通信魔法を起動して外の二人に作戦を伝えつつ、アイテムボックスからグラビトンソードを取り出し、魔力を注ぎ込み始める。

魔力が吸われる感覚とともに、剣から炎が吹き出し、一気に重さを増した。

「食らえ！」

動きが鈍ったと思ったのだろうか。数人の黒ローブのが一斉に新たな魔道具を起動し、俺へと向けてくる。

しかし、俺の方が一瞬早かった。

剣の重さがクラーケン討伐の時と同じくらいになったのを確認した俺は、前へと一歩踏み込み、炎を纏ったグラビトンソードを一気に水平に振り抜く。

大部屋の床にはやや高低差があったせいで、全員を巻き込むというほどまでには至らなかったが、それでも大部屋に残っていた黒ローブの半分以上が、声を上げる暇も与えられずに絶命した。

「な、何だあの化け物は！」

「たった一人に、この数が一瞬で……」

「違う！　扉の外にもう一人、射撃系が隠れてるぞ！」

「う、うろたえるな！　あのような威力の攻撃、連発できるはずがない！　落ち着いて包囲網を――がっ！」

「待て、包囲は無駄だ！　散開して、大魔法の被害を少しでも――ぐっ！」

生き残った黒ローブの中で指揮官役になっているであろう者が、事態を収拾しようとするが、言いきる前にリアの狙撃を受けて倒れる。

『新世代の篝火』は狂気に満ちた集団だが、機械ではない。

前線に加え、命令系統までもが崩壊したことで黒ローブ達の動揺はさらに大きくなり、収拾がつかなくなっていく。

その隙に俺達は殲滅のペースを上げ、生き残った黒ローブの数を、大部屋に入った当初の二割ほどにまで減らす。

「こうなれば、プランDだ！　集合しろ！」

戦局が決定的になったと思われた頃、一人の黒ローブが声を上げた。

「プランD……あれを使うのか？」

「確かに、あれなら化け物相手でも！」

「他に手はない。急いで――」

言い終わる前に最初に声を上げた黒ローブは倒されたが、それでもこの大部屋にいる黒ローブ達の意思は統一されたらしい。

生き残った黒ローブ達は、一斉に大部屋の隅へと走って集まり、密集したところを炎魔法で吹き飛ばそうとする俺を見据え、一斉に叫んだ。

「我らが命を、革命の炎に！」

その言葉とともに、連中が集まった大部屋の隅――いや、その下の地面に埋め込まれていた魔道具が、白い光を放ち始める。

直後に俺の炎魔法が着弾し、爆発を起こして密集していた黒ローブ達をまとめて吹き飛ばすが、爆風でフードが吹き飛ばされて見えた黒ローブの表情は、どこか満足げだった。

まるで、何かを成し遂げたとでもいうかのように。

――嫌な予感がする。

俺はバックステップで距離を取り、魔道具の破壊に向いた岩の槍を発動しつつ、大部屋の出口の位置を確認する。扉は開いているし、加速魔法を使えばいつでも一瞬でたどり着ける距離だ。

アイテムボックスには、爆発が起こった際のバリケード代わりになる岩石も、山ほど入っている。

岩の槍の起動が完了すると、俺はその全てを大部屋の隅にある魔道具に向けて乱射し、魔道具となっていた魔石を粉々に粉砕した。

しかし、それでも光は収まらず、魔道具があった場所に残り続ける。

それどころか残された光は、元となった魔道具が破壊されたにもかかわらず、輝きを増し始めた。

残った光は倒れた黒ローブと運良く生き残った黒ローブをまとめて飲み込みながら、さらに強さを増し、徐々に赤黒く染まっていく。

その勢いと大きさは、人を一人巻き込むごとに強くなっていくように見えた。連中は革命の炎がどうとか言っていたが、炎とは似ても似つかない。

最初は光だったが、今ではもう光と呼ぶのも無理がある。動きからして粘性の高い流体の一種だが、液体とも言えない妙な動きだ。しかも速い。

【情報操作解析】で正体を確かめている時間などないが、ここにいるとまずいということだけは理解できた。

俺は大部屋の出口に向けて、躊躇なく加速魔法を起動する。

「離脱する！　扉から離れろ！」

「これ、あぶない！」

俺が叫ぶのとリアの声が聞こえたのはほぼ同時だった。

加速魔法の勢いで大部屋の出口を突破し、通路の壁に激突して止まった俺は、走って離脱してきたリアとミレイとともに前の部屋へと抜ける。

しかし、赤黒さを通り越してどす黒くなった流体は、少し遅れながらもついてきた。いや、全方向に広がった結果、俺達の方向にも来たと言うべきか。

黒い流体は魔力をほとんど通さないらしく、触板にも真っ黒くうつる。

扉を抜けて扉を閉め、さらに扉が開かないよう、アイテムボックスから取り出した岩石を詰め込んでバリケード代わりにする。

岩石はブロケンを整地する際に出たものなどで、特殊な能力などは持っていないが、合計の重量は十トンを超える。

さらに間から漏れるのを防ぐために細かめの土砂を積むと、バリケードから離れて、触板の反応に注意を集中させる。

触板の反応を見る限り、流体に大量の岩石の重量を受けた扉を吹き飛ばす力はなく、通路とこの部屋の間で止まっているようだ。

「なんとか止まって……あれ？」

確かに、扉は吹き飛んではいない。表面上は耐えているように見える。

しかし触板に映る扉の反応は、急激にその厚みを減らしていく。

扉だけではなく、それを支えている壁も、扉と同じペースで薄くなっているようだ。

「まずい、扉が溶けてるぞ！　壁もだ！」

俺が叫びながらさらに隣の部屋へと駆け出そうとしたところで、同じく部屋へ向かおうとしたリアが叫んだ。

「あっちからも、きてる！」

リアが指したのは、俺がふさいだ扉ではなく、大部屋とは直接繋がっていないはずの通路だ。

そこに繋がる扉も閉まっているが、確かに触板には、魔力を通さない液体がその通路を侵蝕し始める様子が映っていた。

意思を持って俺達を襲おうとしている訳ではなく、無差別に広がった結果、俺達のいる場所を飲み込もうとしているような動きにも見える。

いずれにしろ、そちらの扉にはバリケードもなく、厚みも俺がふさいだものより薄いようなので、破られるのはあっという間だろう。

「もっと離れるぞ！　急げ！」

「壁も扉もおかまいなしってことは、距離を取ればいいのよね？」

「壁の枚数が多いルートを使えばいいのかもしれないが、地図なんてないからな！　行き止まりは最悪だし、どっちにしろこのルート以外ないだろ！」

俺達の選んだルートは、ここまで『新世代の篝火』のアジトを制圧してきたルートを、逆に辿るような形だ。

当然、このまま進んでいくと、最終的には【大火球】で開けた穴に着くことになる。

「カエデの開けた穴って、反対側に渡れる？」

せめてもの抵抗として、通り抜けた扉を閉じながら、俺は穴の様子を思い出す。

もし通路が真っ直ぐであれば、穴のちょうど向かい側あたりに同じような通路ができているはずだが、そんな様子はなかった。恐らく【大火球】がぶち抜いたのは曲がった通路か、行き止まり、そうでなければ小さい部屋だったのだろう。

代わりになりそうな、一番近いルートはというと……。

「……来た時と同じなら、左斜め前に十メートル弱、上に三メートルくらいの位置に他の穴があったはずだ！」

「そのくらいなら、私とカエデは跳び越えられるわね！　リアちゃんはどう？」

「したじゃないと、むり！」

リアの魔法は基本的に出力が低く、地面スレスレを飛ぶのには向いていても、高度を上げるのには向いていないようだ。飛行魔法というものは、高度を上げるほど出力が必要になるものらしい。

ただでさえ地面が遠い穴の中では、高度を維持することさえ難しいようだ。

しかし俺達が入ってきたのは、穴に通じた通路の中で、一番下にあったものだ。

ここより下にあるのは、俺が使った水魔法を注いだ端から蒸発させるような、高熱を帯びた穴の底だけだ。

「じゃあ、俺が抱えて跳ぶ！」

「まほうは、やめてね！」

「善処する！」

いくらリアがほとんど攻撃を食らっておらず、髪飾りの魔力がほとんど残されているとはいっても、加速魔法の強烈なGと激突による停止の衝撃に晒されれば、髪飾りの魔力は一気に削られかねない。

まあ、一撃で削りきられるというほどではないし、落ちるよりはマシなので、いざとなれば使うのだが。

「見えてきたわ！　例の魔法は、まだついてきてる？」

「きてる！　はやく！」

いくつかの扉を抜け、封鎖した頃、俺達は【大火球】の開けた穴が見えるところまでたどり着いた。

少し距離が稼げたせいで触板には映っていないが、リアが来ていると言う以上、黒い流体は相変わらず追ってきているのだろう。

走る俺の隣につき、体を前に倒したリアを抱え、俺は勢いをつける。俺の横を走るミレイも、さらにスピードを上げた。

そして、通路の地面が途切れるところで踏みきり、左上にある通路へと飛び移る。

「成功！　楽勝ね！」

「これで、大丈夫なのか？」

結果として俺達は、大分余裕を持って飛び移ることができた。

これで一安心……と思っていたのだが、まだ終わっていなかったようだ。

「まだ、むこうからきてる！」

抱えていたリアを通路に下ろしたところで、穴の側面に空いた通路の一つから、どす黒い流体が流れ出してきた。

大部屋で俺達を追いかけていた頃に比べると速度は大分落ちており、流体は穴を越えることができずに下へと流れていった。

「もっと離れるぞ！」

ひとまず危機は脱したようだが、まだ油断はできない。俺達が今いる通路は、下から二番目なのだ。もし流体が流れ続ければ、流体は穴を満たし、この通路へと流れ込むことになる。

そうでなくても、穴を迂回した通路を経由し、壁や天井を溶かして俺達のもとへとたどり着く可能性もある。

とにかく逃げきるか、迎え撃つしか方法はない。あんな訳の分からない流体を迎え撃つ方法があれば、是非とも教えてほしいものだが。

「カエデ！　あの――あのよく分かんない黒いの、なんとかできないの⁉」

「無茶言うな！　俺を何だと思ってるんだ！」

「カエデは……うーん……カエデ！」

「……何でもとりあえず力業で解決する、デシバトレ人の中のデシバトレ人？　あの変なのも、炎の剣とかで斬れるんじゃないの？」

「無理に決まってるだろ！　相手は固体ですらないんだぞ！　斬れるか！」

とても不本意な評価を受けながらも、俺は行く先にあった金属製の扉を蹴破り、中にいた黒ローブをまとめて倒して道を切り開く。

いつ爆弾まみれの部屋に当たらないとも限らないが、とにかく進まないことには話にならない。

「いきおい、おちてきたよ！」

「勢いって、黒い流体のか？」

「うん！　そろそろ、なくなりそう！」

「いくら人間を飲み込んでも、限界はある訳か！　よし、あと少し、逃げきるぞ！」

「おー！」

「了解！　スピード上げるわよ！」

【大火球】の開けた穴のおかげで少しだけ時間に余裕ができたため、流体に【情報操作解析】を使うことができた。

どうやらあの流体は、人間を触媒として作られた攻撃的な性質を持つ魔力の塊であり、亜龍の炎を模したものらしい。

とてもそうは見えないものの、【情報操作解析】によると、真似《まね》たのは炎という形ではなく、触れたものを材質問わず表面から崩壊させて削り取る性質のようだ。

デシバトレで戦った亜龍のブレスは空中に放たれたので、実際の亜龍のブレスがどんな挙動を示すのかなど俺は知らないが、そのために人間を材料にする悪趣味さは、いかにも『新世代の篝火』らしい。

とりあえず、これ以上材料を増やされないよう、倒した黒ローブは強めの炎魔法で焼却しておく。

「おい、行き止まりっぽいぞ！」

無差別に広がる流体から逃れるべく俺達は道も分からずに進んできた訳だが、ついに袋小路へとたどり着いたようだ。

触板によると、二メートルほどの厚さがある壁を隔てて隣の部屋があるようだが、そこに繋がるルートは存在しなかった。魔力を遮断するような反応も見当たらないので、隠し扉などもないだろう。

「引き返すの？　っていうか、そろそろ黒いのも消えるんじゃないの？」

「きえるのは、もうちょっと！　まにあわなそう！」

「壁破りを試すから、ちょっと離れてくれ！」

言いながら俺は、アイテムボックスにしまっていたグラビトンソードを再度取り出し、魔力を一気に注ぎ込む。

どうやら、退避ルートは文字通り自分で作る必要があるようだ。

地面ごと階層をぶち抜くのは無理だが、この距離なら魔力強化グラビトンソードの威力でなんとかなりそうだ。魔力はまだ半分以上残っているし、詠唱魔法と違って発動も早い。

魔力充填が終わったグラビトンソードを、俺は目の前の壁に叩き付ける。

轟音とともに遺跡の固い壁と、そのさらに奥にあった土が吹き飛び、反対側の壁にひびを入れた。

その様子を見て俺は、さらに加速魔法を発動し、グラビトンソードに代わって取り出した刃杖をひびに当て、加速魔法の生んだ力を集中させる。

ただでさえ暴力的な威力を誇る加速魔法の力が、メタルリザードメタル製の刃杖を介して一点に集まったのだ。ひび割れた壁が耐えるはずもなく、隣の部屋の壁は一瞬で砕けた。

その反作用を無理矢理支えることになった俺の手首も、無事では済まなかったが。多分ひびが入ったな。

「流石に、加速魔法を手の力で受けるのは無理があったか……」

ぼやきながらも俺は、自分の手に回復魔法をかける。すると折れかけていた手首は、一瞬で元に戻った。

状況が掴めていないらしく、固まっていた黒ローブ達に魔法を撃ち込んでから、俺は立ち上がる。

「カエデ、だいじょぶ？」

「今はもう大丈夫だ。回復魔法で治したからな。それよりせっかく穴を開けたんだから、早く逃げるぞ」

「もう何でもアリね……」

壁を壊したかいあって、新しい部屋は向こう側へと繋がっていた。

剣に魔力を注ぐのに少し時間を食ってしまったので、あまりのんびりしている暇はない。

「このへんで、だいじょぶ！」

例の行き止まりから少し進んだところで、リアが立ち止まった。

それから少しの後、視界の端に例の黒い流体が映り、地面に溶けるようにして消えていった。

どうやら黒い流体の膨張は、ようやく収まったらしい。

「ようやく終わったか……。結局、何だったんだ？」

流体の消えた地面を見ながら、俺はアイテムボックスから出した魔力回復加速ポーションを飲み干す。

魔力の回復は、少しでも早めてほしい。

「あんなものを用意してたくらいだし、あの魔道具で、アジトごとカエデを倒そうとしたんじゃないの？　……あ、そっちにまだ一人いるわ……よ！」

どうやら『新世代の篝火』の残党が、このあたりにも残っていたようだ。

通路から不用意に顔を出した黒ローブが、ミレイの投石を受けて倒れる。正確には、石ではなくデシバトレ棒だが。

「その棒、こんなところにまで持ってきてたんだな」

「これ、便利なのよね。かさばらないし、形とか重心の位置も揃ってて、適度に重いし」

「相変わらず食べ物に対する評価じゃないよな。それ……」

周囲の状況を調べながら俺達が話していると、倒れた黒ローブのあたりから、パチパチパチという、拍手のような音が聞こえた。

もしや黒ローブがまだ生きていたのかと思い、俺は魔法を撃ち込みながら【情報操作解析】を起動する。

しかし、俺の魔法が届くまでもなく、黒ローブのＨＰはすでにゼロになっていた。

「あそこ、まどうぐ！」

どうやら音の発生源は黒ローブではなく、その黒ローブが持っていた魔道具だったようだ。

リアが指した場所にあった魔道具に【情報操作解析】を使うと、それは通信用の魔道具だと分かった。ただ、ギルドに置いてあったり俺が持っていたりするものとは違い、テレパシーではなく声と映像を使って通信するようだ。性能としては、地球にあったテレビ電話に近いだろうか。

『ちょっと待て。まだ壊すな』

ミレイが槍を構えたのを見て、俺はとっさにミレイを止める。

他の魔道具ならすぐに壊すのだが、通信用となると訳が違う。リアの魔力探知などを使えば、敵の所在を逆に探れる可能性がある。

『リア、この魔道具、どこに繋がってるか分かるか？』

『んー……ちょっとまってね……』

どうやら通信用魔道具の繋がる先は、リアといえども一瞬では探れないようだ。

【大火球】で大穴を開けたとはいえ、魔力を遮断する素材が多く使われた遺跡の中だからかもしれないが。

とりあえず逃げられたり、向こうから通信を切られたりしないよう、時間を稼ぐとするか。

「『革命の炎』は、楽しんでいただけたかな？　カエデ君。私は『新世代の篝火』幹部の一人、大司教ゲイナーだ。以後よろしく。……とはいっても、二度と出会うことはないだろうけどね」

「なんか、ムカつく顔ね……」

「同感だな」

顔の造形としては間違いなく美形に分類されるであろう大司教ゲイナーだが、表情の端々に歪んだ性格がにじみ出ており、通信機越しにでも不快感を覚えさせる。

むしろその美形さが、気持ち悪さをより際立たせているようにさえ思えた。

「人の顔を見るなり、酷い言い草だな。まあ私は寛大なのでね。間もなく死ぬ者の発言にいちいち気を悪くしたりはしない」

「……まるで、俺がこれから死ぬみたいな言い方だな」

あの黒い流体……『革命の炎』に、変な毒でも仕込まれていたのだろうか。

念のために全員の状態異常などを確認してみるが、特に異常は見当たらなかった。

「『革命の炎』とは関係ないとなると……まさか、また魔物か？」

「ご明察！　流石に拠点を縦に撃ち抜いて攻略されるのは想定外だったが、仕込みはすでに終わっていたのでね。フォトレンの海にはすでに仕掛けられているのだよ、私自らが開発した、最強の魔物召

喚装置が！」

大司教ゲイナーは大げさな身振りを交えながら、自作の魔道具について語り始める。

どうやら、頑張って作った魔道具を自慢したいらしい。時間も必要なことだし、とりあえず聞いてやるか。

もし大司教ゲイナーの魔道具が俺の拾ったものであれば滑稽極まりないのだが、その望みは薄いだろうな。

ゾエマース達は出てくるクラーケンの数が足りないなどと言っていたので、俺が拾ったのは恐らくクラーケン召喚装置だろう。

『ばしょ、わかったよ！』

通信機越しに大司教ゲイナーと話をして時間を稼いでいる途中で、通信魔法からリアの声が聞こえた。

『距離はどのくらいだ？』

『んー……五キロくらい？』

『五キロか。遺跡から脱出できれば、割とすぐの距離なんだが……』

『隠れられると厄介よね。「新世代の篝火」なら、そのくらいはやってきそうだし』

『そうなんだよな……』

今まで「新世代の篝火」は、意識してかどうかは分からないが、リアの魔力探知では簡単に見つからない場所に拠点を構えていた。

連中がいた遺跡の入り口にはことごとく魔力を通さない素材が使われていたし、海底の魔石は砂の中に埋められていた。たまたまならいいのだが、連中が魔力探知の存在に気付いて、対策をしている可能性も十分ある。

俺達にとって五キロは長い距離ではないが、一瞬でたどり着ける訳ではないのだ。

『もしかして、これなら届くか？』

聞きながら、俺は通信の魔道具に映らないよう体で隠しつつ、アイテムボックスから『魔力集中・指向性付与装置』を取り出す。

デシバトレで実験した際には、一撃で数キロ先の水平線までを真っ直ぐに貫いたアーティファクトだ。

すでに冷却時間は終わっているし、魔力消費も少なくはないが、詠唱魔法に比べたらずっと軽い。速度も『撃った瞬間に、敵に届いている』といった代物なので、距離がいくらあっても避けられる心配はない。

『これなら、とどくよ！　ちょっと、ずれるかもだけど！』

問題は魔力に耐性を持っていると思しき遺跡の壁や、五キロ先までを埋め尽くした土砂を貫けるかだが、どうやらいけそうなようだ。

『よし、これでいくぞ。それと、召喚装置っぽい魔道具の反応が見えたら教えてくれ。壊しに行くから』

『分かった！』

俺は取り出した『魔力集中・指向性付与装置』に、魔力を注ぎ始める。

チャージが完了するまで、およそ百秒といったところか。

俺達がそんな会話をしている間にも、ゲイナーの自慢話は続いていた。

適当に相手をして、時間でも稼ごう。

「私が今度召喚するのは、完全体の亜龍だ！『革命の炎』やデシバトレの偽亜龍などは、実験の副産物にすぎない！」

「……こんな落とし物があったんだが、もしかしてこれ、お前のか？」

言いながら俺は、ここの遺跡で拾った『第二十二次ドラゴン召喚実験報告書』を取り出す。

「む。それは……確かに私の実験に関係するものだな。内容は暗記しているからいいとしても、敵に拾われるというのはいただけない。急いで担当者を浄化しなくては……いや、考えてみると『革命の炎』が発動した時点で、拠点に残った連中は全滅か！　フハハハハ！　これは傑作だ！」

担当者を浄化か。言い方からすると、恐らく殺すかなんかするのだろう
何が面白いのか分からないが、向こうが勝手に情報を話してくれるというのなら、話してもらおうじゃないか。

ブロケン攻略戦の時と違って逃げるという選択肢があるので、魔物を召喚されたとしてもデシバトレよりはやや余裕があるし。

「随分余裕そうだが、今回は流石の貴様も助からんぞ？　なにしろ、逃げようがないからな」

「逃げようがない？　亜龍はそんなに足が速いのか？　デシバトレで見た奴は、そんなに速いとは思

えなかったんだが」

「本物の亜龍を、あんな出来損ないと一緒にしてくれるな。本物の亜龍は、今の世に存在する中で最速の生物だぞ？　流石に貴様に追いつけるとは限らんが……例えば、そこのガキなどでは、まず逃げられないだろうな」

「へ？　リア？」

急に呼ばれたリアが、目をぱちくりさせた。

「そして、私の作った魔道具の真価はそこだ。貴様が倒したクラーケンは、真っ直ぐ港に向かってきただろう？」

「いや、俺がたどり着いた時点でもう到着してたが」

真っ直ぐ向かってきたかどうかなど、知るはずがない。

まあクラーケンといえば海にいて船を襲う魔物というイメージがあるので、自ら港を襲うのは少し意外だったが。

「む……まあいい。要するにあのクラーケンは、魔物を操る魔法の実験だったのだよ。港にたどり着いたあたりで制御は切れてしまったようだが、亜龍に仕込んだものでは対策済みだ」

「でも、一匹しか出てこなかった原因はまだ分かってないんだろ？」

「ん？　貴様がなぜそれを……まさか貴様！」

魔力消費からすると、魔力は半分ほど溜まった頃だろうか。

「海底でウニを採っていたら、面白いものを拾ったんだ。実験に使った魔道具って、これのことか？」

言いながら俺は、海底で拾った魔道具を取り出す。もし魔道具が変な動きを見せれば、すぐにアイテムボックスへしまう準備をしながらだが。

もう片方は、目印となるようなものが落ちていなかったせいで、見つけられなかったようだ。

「……消失の原因を探るために、どれだけの手間がかかったと……やはり貴様は、倒さねばならん敵のようだな」

そう言う自称寛大な大司教ゲイナーの額には、青筋が立っていた。

よし、いい感じに時間が稼げている。

「それで今度は、港の代わりに俺に向かってくるように作ったって訳か。今度はちゃんと出てくるといいな？」

「ハッ！　貴様は何か、勘違いをしているようだな。私は別に、貴様を狙うように作ったなどとは言っていないぞ？」

その台詞を聞いて、俺とリアは顔を見合わせる。

リアはいつも通りの危機感の感じられない顔をしながら、『魔力集中・指向性付与装置』を制御していた。

「……なるほど、リアか」

「逃げられる化け物より、逃げられない化け物を狙った方が効率がいいだろう？　さらに言えば、貴様がそのガキを見捨てて逃げようと無駄だ。ガキの次にはお前を殺すよう、亜龍には魔法が仕込まれているからな」

「ふむ……」

魔道具というからには、恐らく魔力でも探知しているのだろう。

遺跡から魔力を通さない建材でも剥がして、それでリアの周りを囲めば、一時的には探知を回避できるかもしれない。

実はこれがブラフで、実際にはそう思い込ませて戦わせるつもりの可能性もあるか。

実際に戦いを挑むのは、亜龍に見つからないような位置から【情報操作解析】を使って、確認を取ってからだな。

「もう少し、冷静さを欠いてくれるものだと思っていたんだが」

俺もリアも割と平然としているのを見て、大司教ゲンガーが意外そうな顔をする。

確かに、卑劣なやり方ではあると思うのだが――

「まあ、リアだからな……」

「リア、そんなことしなくても、たたかうよ？」

前にデシバトレで亜龍を見た時には、邪魔になるから戦わないと言っていたリアだが、今回は戦う気のようだ。

『でもリア、前に亜龍と戦った時には、来ないって言ってなかったか？』

『カエデ、あのまほう、つかうの？』

あの魔法というと……【静寂の凍土】とかのことだろうか。

今回は恐らく使わないか、使うとしても魔力破壊だけだろう。

あの時には魔力消費をアーティファクトが引き受けてくれた上、魔物があまり自分から攻撃を仕掛けてこなかったおかげで、好き勝手撃てただけだからな。

まともな戦闘で撃つには、詠唱魔法は隙も魔力消費も大きすぎる。今の魔力から【静寂の凍土】を撃てば、恐らくそれだけで魔力切れに近いことになるだろう。

『多分、使わないな』

『じゃあ、だいじょぶ！　……たぶん、こうげきはいみないけど！』

どうやらリアが気にしていたのは、詠唱魔法のことだったらしい。加速魔法で一気に距離を取って魔法を詠唱するやり方は、リアがいると使えないからな。

『向こうがリアを狙ってくるなら、リアは逃げ回ってるだけで問題ないぞ。その分俺がフリーになるから、攻撃し放題だ』

『危なそうだったら、すぐに言うのよ？』

『言って、どうするんだ？』

『なんとかするわ！』

答えになっていなかった。

「本物の亜龍を見ても、まだそんなことが言えるのかどうか、見物だな。まあ私は、その場に立ち会う訳ではないが。……ああ、最後に一つ教えておいてやろう」

「最後に？　自慢話はもう終わりか？」

「ああ。悪いが、そろそろ時間なものでね。それで、最後に教えることなんだが——」

ここで通信を打ち切られると、攻撃が間に合わない。そろそろ準備が終わる頃のはずなのだが。

『リア、チャージはまだ終わらないのか？』

『あと、十五びょう！』

十五秒か。それなら、少し呼び止めるだけで簡単に稼げるな。

「私が呼んだ亜龍は、リバイアサンだ。貴様らは海に潜れるようだが、潜ったところで無駄だから、安心して死ぬがいい」

「教えてくれてありがとう。おかげで、無駄に水浸しにならなくて済みそうだ」

これから出てくる魔物の種類を教えてくれた親切な人に、俺は礼を言う。

「冥土の土産だ。礼には及ばんさ」

「じゃあお礼に、俺も一つ教えてやるよ」

これだけ大事な情報を教えてもらった以上は、お礼の言葉だけという訳にもいかないだろう。

俺も大司教ゲイナーに、重大な情報を伝えてやらねば。

「遺言なら聞いてやるが、手短に頼むぞ？　そろそろ、亜龍が召喚されてしまうのでね」

「ああ。そんなに時間はかからんぞ。俺が教えておきたいのは——」

『チャージ、おわった！　つえ！』

『よし、食らわせてやれ！』

俺はアイテムボックスから刃杖を出し、最初にリアの指していた、ゲイナーのいる方角へと向ける。

動きには気付かれるが、この魔法が敵に届くのは一瞬だ。場所さえ分かっていれば、かわすことはできない。

「む？　その魔石は──」

『うつから、よけて！』

『おう！』

通信魔法で返事をしながら俺は少し横にずれて、ゲイナーのいる位置と『魔力集中・指向性付与装置』との間に射線を通す。

すかさず魔力に覆われて黒くなった魔石を杖に当てながら、リアが『魔力集中・指向性付与装置』を起動した。

黒い煙として実体化していた魔力が、一気に杖へと吸い込まれる。それを見て俺は──

「俺が教えておきたいのは、そこが俺達の、射程圏内だってことだ！」

俺が宣言すると同時に、杖から黒い光の柱が放たれた。

「ぐっ、がああああああああぁぁぁ！」

「ちょっと、ずれた……」

狙いが完璧であればゲイナーは全身が黒い光に飲み込まれ、跡形もなく消滅するはずだったのだが、どうやら狙いが僅かに外れたらしく、『魔力集中・指向性付与装置』から放たれた光線はゲイナーの左腕を吹き飛ばすにとどまったようだ。

とはいえ、直撃はしなかった肩なども、余波を受けて酷いことになっているが。

「ぐっ……くそ……化け物め！　さっさと死ぬがいい！　死ね！」

一人であれば放っておいても死んでくれた気がするが、残念ながらゲイナーは一人ではなかったようで、周囲にいた黒ローブに手当てを受けながら、画面から消えていった。

この様子だと、連中は恐らくズナナ草精製液から作った薬を持っていないのだろう。

現状ではかなり数が不足している関係で、供給は全て冒険者ギルドを通しているようなので、買うことができるのはある程度身元のはっきりした冒険者だけだし。

「まもの、でてきた！　ありゅう！」

ちょうどゲイナーが画面から消えた頃、リアが声を上げた。

どうやら『新世代の篝火』が亜龍を召喚したというのは、嘘ではなかったらしい。今回も出来損ないだとありがたいのだが。

「早く遺跡を出て追撃したいところなんだが、そうはいかないみたいだな」

「いずれにしても、まずはここを出ないことには始まらないわね。リアちゃん、『革命の炎』の跡地って、もう通れる？」

「だいじょぶ！　たぶん！」

「じゃあ、【大火球】の穴まで戻るか」

遺跡から出る最短ルートといえば、あの穴だろう。

横の壁はほぼ垂直になっているため、全員で登るのは大変そうだが、まあなんとかなるはずだ。

「えーっと、確か……こっち？」

「あっちだよ！」

道がうろ覚えなミレイに代わって、リアが道を案内し、俺達がそれについていく。

しかし、ミレイを方向音痴として責めることはできないだろう。

なにしろ、俺達の通ってきたはずの道はほとんど『革命の炎』によって溶かされ、原形をとどめていなかったのだから。

「これ、歩きやすくはあるんだけど……なんか不気味ね。本当に通って大丈夫なの？」

「大丈夫……なはずだ」

天井などはそのままだったが、壁や床は溶かし尽くされ、凹凸が完全になくなっていた。

地面にある岩石などが、まるで精密に研磨でもされたようなのっぺりとした表面を晒しているのは、かなり不気味だ。

しかも、『革命の炎』が発動した場所に近付くにつれて周囲の削れ方が酷くなるせいで、だんだんと道幅が広がっている。

【情報操作解析】を使ってもおかしな情報は出てこないので、特に毒などはないはずなのだが。

「ほら、ここ！」

道を隔てる壁や扉などもまとめて飲み込まれていたせいで、来た時より大分短いルートで俺達は穴へとたどり着いた。

しかし、穴は下部のみが『革命の炎』に削られたせいで、傾斜が九十度を超えている上、掴めそうな凹凸がまるで存在しない。

「俺は加速魔法で抜ければいいが……二人はどうする？」

聞きながら俺は、アイテムボックスから何かちょうどいいものがないか探す。

確か、ブロケンで家を建てる際に余ったロープが――

「あ、これなら私がリアちゃんを連れて出られるわよ。リアちゃん、ちょっと来て」

「う？」

リアはよく分からない顔をしたまま、ミレイのもとへと歩いていく。

そのリアをミレイは、ひょいと抱え上げた。

「それじゃ、行くわよ！」

そう言いながらミレイは少し助走をつけ、反対側の壁へと跳んだ。

特に段差や他の出口などがある訳ではない、ただの壁にだ。

どうするのかと思って見ていると、ミレイは反対側の壁を蹴って、こちらへ戻ってきた。

ただし、最初にいた通路より、数メートル高い位置にだ。

そのままミレイはこちら側と向こう側の壁を連続で蹴って往復しながら、垂直の壁をどんどん登っていき、地上にたどり着いた。

「こういう深い穴に落ちた時、結構使えるテクニックよ。滑りにくい靴を使うのがコツね」

加速魔法で地上に戻った俺に、ミレイが告げる。

テクニックとは言うものの、これはこれでかなりの力業だと思う。

「……危なくないのか？」

「どの辺が危ないの？」

「これ、あんぜんだよ？」

ミレイとリアが、揃ってけげんそうな顔をする。

どうやら間違っていたのは、深さ数十メートルの穴を命綱もなしに壁蹴りで登ることが危険だと思った俺の方だったようだ。


「リア、敵はどこにいる？」

「うみ！　とおくのほう！　たぶん、およいでる！」

リバイアサンとかいう亜龍は、泳ぐのか。

ゲイナーは潜っても無駄だと言っていたが、亜龍が泳ぐなら確かにそうだろうな。

「じゃあ、陸に来るのを待って戦うか？」

「うみのほうが、たたかいやすいかも？　リバイアサンがどんなのか、しらないけど……」

「そうなのか？」

「リアは、たいらなとこのほうが、はやいし！　カエデも、そうじゃないの？」

ああ。障害物がない方が攻撃を避けやすいのか。

確かに俺も、そういう面はある。加速魔法が使い放題だからな。

「ミレイはどうする？　流石に、海の上を走ったりはできないよな？」

「装備とかを減らして頑張れば、走れなくはないと思うけど……その状態で亜龍と戦うのは無理ね。

沈んじゃうわ。私は連中の追撃ね」

そう言いながら、ミレイは『新世代の篝火』がいた方へと走り出す。

俺達は海の方へ向かおう。

『あ、リア。「新世代の篝火」は、相変わらずあっちにいるのか？』

距離が離れてしまったので、通信魔法を起動してリアに聞く。

あまり遠いとこれすら通じなくなるだろうが、多少はミレイの手助けになるだろう。

『だいたい、あっちだよ！　ごじゅうにんくらい！』

『五十人か……。ミレイ、変な魔道具を食らわないように気をつけろよ』

『分かったわ。リアちゃんは大丈夫？』

『だいじょぶ！　ダメそうだったら、まりょくかくして、にげるし！』

魔力を……隠す？

『リア、魔力って隠せるのか？』

『うん！　ほら！』

通信魔法の中で、リアが声を上げる。

しかし、何も起きなかった。

いや、よく見ると、触板からリアが消えている。俺の目には、リアが映っているにもかかわらずだ。

『なるほど。……あれ？　リアにも魔力ってあるのか？』

よく考えると、リアの最大ＭＰはゼロだ。隠すもなにも、元々魔力などないのではないだろうか。

『あるよ。ないと、しんじゃう！』

そういうものなのか。

まあ、ＭＰはゼロになるまで消費しても特に問題はないようだし、生きるのに必要な分は、別に用意してあるのかもしれない。

そこまで考えたところで、ミレイとの通信が切れた。

ミレイに何かあったらリアが気付くだろうし、通信魔法の届く範囲を超えたのだろう。

俺は引き返したりせずに、リアとの作戦会議を続ける。

『なるほど。でも、魔力を隠せるなら、最初からそれを使えばいいんじゃないか？』

『リバイアサンがつよそうだったら、そうするかも？　でも、ありゅうがリアをねらったほうが、たたかいやすいよね？』

確かにそうかもしれないが、リアがリバイアサンから逃げ回り続けられるか、かなり心配だ。

ゲイナーが嘘をついていなければ、本物の亜龍はかなり速いらしいし。

それよりも、いい方法を思いついたかもしれない。思い出したと言うべきかもしれないが。

『魔道具って多分、魔力を検知して俺達を追いかけるんだよな？』

『それしかないとおもう！　みてないけど！』

『じゃあ、こういうのはどうだ？　まずリアが魔力を消して、俺の魔力を受け取れる範囲で、できるだけ遠くに離れる』

『うん』

『そうすると、亜龍は俺を追いかける訳だが……リアが魔力を戻したら、亜龍はリアの方に行くよな？』

その場合、亜龍は俺に背中を向け、少し離れた場所にいるリアを追いかけることになる。

『うしろから、こうげき？』

『ああ』

これなら、リアをあまり危険に晒さずに攻撃し放題だ。

一瞬反応が途切れたくらいで追いかけるのを完全にやめる場合、作戦が成立しなくなるが、逆に俺が一瞬魔力反応を隠すだけで、亜龍につけられた魔道具の効果を無効化できることになる。これはこれで儲けものだろう。

これはネットゲームで時々用いられていた『敵に二人のプレイヤーの間を往復させることで、ダメージを受けずにボスを倒す方法』のアレンジだ。

ネットゲームでは遠距離攻撃を使い、敵に狙われるプレイヤーを管理して使われていた方法であり、いいタイミングで敵の狙うプレイヤーを変えるにはコツが必要だったのだが、『新世代の篝火』が余計なものを亜龍に積んでくれたおかげで、簡単に使えるようになった。

『本当に使えるかどうかは、実物を見てみないと分からないけどな！』

そうして作戦会議をしつつ、俺達は町の横を迂回して海に出る。

亜龍の姿は、まだ見えなかった。

『亜龍って、どこにいるんだ？』

『もうちょっと、むこうのほう！』

そう言ってリアは、沖を指した。

どうやら亜龍はまだ、ここまでたどり着いていないらしい。

『じゃあ、俺達ももう少し沖に出るか』

『うん！』

海に深さがないと、水面にできる波が急に高くなることがあるので、飛ぶ高度の低いリアには戦いにくいだろう。

戦っている最中に町を巻き込んでしまう可能性もある。

しばらく進むうちに、水面の少し上を飛んでいたリアが声を上げた。

『あそこ、ありゅう！』

体の一部を海に入れるようにして速度を調整しながら移動していた俺も、加速魔法を一瞬だけ上に向けることで、水面から飛び上がって亜龍を視界に収め、【情報操作解析】を発動する。

『……随分とでかくないか？』

『ながいねー。ありゅうのなかで、いちばんながいかも？』

亜龍まではまだ数キロの距離があるはずだが、ここからでもリバイアサンとデシバトレの亜龍では、スケールがまるで違うことが分かった。ここから見た限りでも、頭のから尾の先までの距離は、百メートル近くある。

まるで巨大な蛇に強靭なヒレを生やしたような外見であるため、一目見た限りでは細長いようにも見えるのだが、それは恐らく全長が長すぎるせいだ。

太さだけでも数メートルはある上、HPが出来損ない亜龍の数倍はあるため、簡単には切断できないだろう。【半魔力生命体】を使ってHPに変えることができるMPも、出来損ない亜龍とは比べものにならない。

そもそも、十メートルそこそこしかない出来損ないの亜龍でさえ【氷河の洪氷】【大火球】【魔力破壊】【静寂の凍土】と連続で撃ち込んで、ようやく倒せたのだ。本物の亜龍が簡単に倒せるはずがない。

せめてもの救いはといえば、『新世代の篝火』がつけてくれた魔法が、ちゃんとかかっていたことだろうか。

リバイアサンには【篝火の導き】という状態異常がかかっており、召還時に設定された攻撃対象の魔力を感知すると、自分の意思に関係なくその魔力を攻撃する習性が付与されているらしい。

攻撃対象もゲイナーの言っていた通り、優先順位一位がリア、二位が俺らしい。

他にも何か、精神への影響が書かれていると【情報操作解析】には表示されていたが、詳細は分からなかった。

要するに、ここに来る前に決めた作戦は、予定通り使えそうだということだ。

『じゃあ、距離を取るぞ！　魔力の届く範囲ギリギリまで離れてくれ！』

『わかった！　まりょく、けすよー』

通信魔法を起動しながら俺がスピードを落とすと、リアは右斜め前へと進み始める。俺は左斜め前だ。

リアは俺とは逆に、高度を水面スレスレまで落とすことで、さらにスピードを上げた。今の速度が、恐らくリアが自力で出せる最高速度だろう。

リバイアサンは今のところ真正面にいるので、俺達は亜龍を挟み込むような形になる。

『もうちょっと……このへん！』

『了解！』

しばらく進むと、再度通信魔法からリアの声が聞こえたので、進路を元の方向へ戻す。

また上向きの加速魔法を使って、リバイアサンの位置を確認してみたが、ちゃんとリバイアサンは俺の方へと向かってきている。どうやら魔力を隠すのは有効なようだ。

『なあリア。俺もリアみたいに、魔力を消したりは――』

『むり！　カエデがそんなことしたら、ぼくはつしちゃう！』

『爆発するのか……』

薄々、無理だろうとは思いながらの質問だったが、まさか爆発するとは。絶対にやめておこう。

『ありゅう、うごいたよ！』

『確かに、なかなか速いな！』

俺達とリバイアサンの距離が詰まったことで、リバイアサンが戦闘態勢に入ったようだ。

今まではリアでも逃げきれそうだった速度を倍近くまで上げ、リバイアサンは真っ直ぐこちらへ向かってくる。

全長百メートルを超えるリバイアサンが向かってくるのは、かなりの迫力だ。

ヒレや歯なども相まって、近くで見るとかなり凶悪な外見をしている。

『まりょく、もどすよー』

俺がアイテムボックスからグラビトンソードを取り出し、その重さを支えるために加速魔法を少しだけ上向けたところで、通信魔法からリアの声が聞こえる。

その直後、こちらに向かって進んでいたリバイアサンが、大きさに似合わない俊敏さで向きを変え、リアに向かって進み始めた。

ただ方向を変えただけとはいえ、全長百メートルオーバーの巨体だ。体に従って大きく振り回されたリバイアサンの尾が、俺へと襲いかかる。

防具の魔法だけでは危険だと直感した俺は剣をしまい、リバイアサンの尾をアイテムボックスに入っていた盾で下に受け流そうとするが——鋼鉄でできた盾は、リバイアサンのヒレによってまるで紙のように引き裂かれた。

盾を割られた勢いで俺も少し吹き飛ばされたため、幸運なことに尾自体の威力は殺すことができたが、盾を支えていた腕も、回復魔法で治す羽目になった。

あまりリアから距離を取ると、リアに魔力を供給できなくなってしまうため、俺は警戒しつつも再度亜龍へと近付く。

『やっぱり、出来損ないとは格が違うか！』

遺跡攻略で残った魔力は、半分弱。これで前回の亜龍の三倍近いＨＰを削りきらねばならない訳だ。

なかなか厳しい条件だが、やるしかない。俺は割れた盾をアイテムボックスにしまい、代わりにグラビトンソードを取り出す。

形状は防御向きではないが、頑丈さでいえば鋼鉄の盾よりグラビトンソードの方が遥かに上だ。

刃杖の方が頑丈かもしれないが、あれだと亜龍に有効打を与えることができない。

『リア、回避は大丈夫か？』

『だいじょぶ！　いまのリアは、ちょっとはやいし！』

リバイアサンを誘導するリアに問題がないことを確認して、俺はグラビトンソードに魔力を少し込め、何度か振ってみる。

やはり、しっかりした足場がないと振りにくいが、まるっきり駄目という訳ではなさそうだ。

加速魔法を使えば、それなりには戦えるだろう。海のおかげでリアが追いつかれずに済んでいることを考えると、陸で戦うよりはいい。

『じゃあ、攻撃を仕掛けるぞ！　亜龍が暴れるかもしれないから、気をつけてくれ！』

言いながら俺はクラーケン戦や遺跡で使った時と同じ量の魔力を、グラビトンソードに注ぎ込む。

そして加速魔法で距離を詰めつつ、リバイアサンの胴体へと振り下ろした。

亜龍の背中で爆発が起こり、剣の延長線上の海面が蒸気と水しぶきを噴き上げる。

だが水煙が晴れた後の亜龍の背中には、小さな傷がついていただけだった。ＨＰもほとんど減っていない。

「これが効かないか……」

どうやらクラーケンを一撃で倒した魔力強化グラビトンソードも、リバイアサン相手では力不足のようだ。

だが、今剣を振った感覚から言えば、もう少し剣が重くても亜龍に当てることは可能だろう。

威力はまだ上がる。

俺はさらに威力を稼ぐため、グラビトンソードに注ぐ魔力の量を倍に増やす。

そして一気に増したグラビトンソードの重さで海に沈み込みそうになるのを強引に加速魔法で支え、リバイアサンに向けて振り下ろした。

あまりの重さに一瞬手が止まりかけたが、強引に押し込むような形で刀身を亜龍に接触させる。

今度は、剣とリバイアサンが当たった場所で大爆発が起こった。

巨大な水しぶきが上がり、リバイアサンが悲鳴とも怒りともつかない叫び声を上げ、俺も余波で少し吹き飛ばされる。

それと同時に、リバイアサンの動きが乱れ、速度が少し落ちた。

剣の当たった場所は少しえぐれている。

今ので削れたHPは、最大値のおよそ四パーセント。

「これ以上になると、流石に振れないな」

今ので分かったが、魔力を注いだグラビトンソードは重いだけではなく、動かしにくいらしい。

というのも、重いだけならば重力に任せればいい話なのだが、大量の魔力を注いだグラビトンソードは、振り下ろしでもほとんど楽にならなかった。物理法則に喧嘩を売っているとしか思えない。

今の魔力量になると、もう剣を振っているというより、剣の動きを妨げるように張られたワイヤーを無理矢理引きちぎろうとしているような感覚だ。

とはいえ、単純計算で今のを二十五回繰り返せば、リバイアサンは倒せる。亜龍に【半魔力生命体】で回復されると魔力が少し不足しそうだが、ポーションで加速された魔力回復もあるし、攻撃を一点に集中させれば切断するような形で一気に体力を削れるだろう。

『もう一発！』

俺は再度グラビトンソードを振り上げ、さっきと同じ量の魔力を注いで振り下ろす。

また爆発が起こって亜龍は叫び声を上げるが、やはりリアを追いかけるのをやめようとはしなかった。

攻撃を受けるたびに速度が鈍るせいで、リアに追いつこうとする様子もない。

『なんか……動きが、へん？』

そんな亜龍を見たリアが、通信魔法から俺に疑問を伝える。

『こいつ、実は出来損ないだったりとか？』

よく考えてみるとリバイアサンは、俺達と出会ってから一度もブレスを撃ってきていない。

ステータスを見る限り、デシバトレの亜龍と違ってブレスを撃てる状態のようだが、リバイアサンはブレスはおろか遠距離攻撃の一つさえ仕掛けようとせず、ただリアを追いかけ続けている。俺に対する攻撃も、最初の方向転換の際に、尾を大きく振り回してからは全く行われていない。

『そんなかんじは、しないなー……』

『でも、前に見た亜龍も、似たような感じだったよな？』

デシバトレの出来損ない亜龍なんて、俺に瀕死にされかけるまで、俺達を敵とすら見なさなかったからな。

それに比べれば、リアを追いかけているだけリバイアサンはやる気がある方だ。

亜龍はみんなこんな感じなのだろうか。

次の攻撃のためにグラビトンソードへと魔力を注ぎながらそんなことを考えていると、通信魔法からリアの声が響いた。

『うわっと！　ぶれす、うってきたよ！』

どうやら、リバイアサンはようやくブレスを撃つ気になったらしい。

しかし、出来損ない亜龍に比べても、ブレスの勢いはさらに小さかった。亜龍の後方にいる俺からは、ほとんど見えないほどだ。

それだけではなく、リバイアサンのＨＰはブレスと同時に、五パーセントほど減少した。魔力もかなり消費したようだ。

標的となったはずのリアはブレスを軽く回避したので、もはやただの自滅行為ではないだろうか。

『やっぱり、出来損ないだろこいつ……』

『このありゅう、ばかなの？』

『馬鹿っていうか……』

もしかして、『新世代の篝火』が亜龍にかけた魔法がバグでも起こしたのだろうか。

だからといって、俺達が手加減してやる義理はない。今まで通りに何かあったら回避できる体勢を取りつつ、俺は四度目の魔力付きグラビトンソードを振り下ろす。

今度は、亜龍は叫び声すら上げずに攻撃を受けた。傷口に直接攻撃が当たったせいか、ダメージも比較的大きいようだ。

そんなダメージを受けながら、亜龍が回復もせずに何をしているかというと——

『また、ブレス！』

リアに対し、またもブレスの出来損ないを放とうとしていた。

そして案の定、亜龍は自分のブレスの反動でダメージを受ける。

亜龍が自分で削ったHPは、すでに元々の二割に達しようとしていた。俺が削った分を含めると、元々のおよそ三分の一といったところだ。

『これ、避けるだけ避けて放っておけば自滅——いや待て！　これ、違うぞ！』

『カエデ、どうしたの？』

今までHPにばかり注目していたが、亜龍のステータス変化は、HPだけではなかった。

亜龍のステータスに表示されている『篝火の導き』の文字が、赤みを帯びている。

そして亜龍がブレスを放つ——いや、ブレスで自分の体を焼くと、赤みはさらに増し、ついには表示が崩れ始めた。

『亜龍の狙いはリアじゃない！「新世代の篝火」の魔法を解こうとしてるんだ！』

『まほう……あっ！　こわれてる！』

俺に言われて、リアも状況に気がついたようだ。

『もしかして、ありゅうがよわかったのって……』

『「新世代の篝火」のせいだろうな。まず間違いなく』

ほとんど直前とも言っていい時期にクラーケンで実験したくらいだ。『新世代の篝火』の作った魔法は、まだ不完全だったのだろう。

途中で壊れたという理由で改変を加えたようだが、結局この魔法も壊れているし。

今になって考えてみると、クラーケンもなんとなく動きが単純だった気がする。

『つまり、まほうが、こわれると……』

『完全体の亜龍と、ガチで戦う羽目になる——なっ！　いったん通信切るぞ！』

『うん！』

それまでになんとか倒せないかと、俺はリバイアサンへと攻撃を重ねるが、攻撃の威力はそんなに簡単に上がるようなものではない。

いくら度重なる自分への攻撃でダメージを受けたからといって、短時間で削れるほどリバイアサンの耐久力は低くなかった。

ＨＰが残り四割を切った頃、ついにリバイアサンのステータスから、『篝火の導き』の文字が消えた。

『リア、いったん待避だ！　俺からも適度に離れてくれ！』

『わかった！』

俺は通信を再度繋ぎ直し、リアに告げる。

これだけ攻撃したのだ。魔法による縛りが解けた場合、リバイアサンが最初に狙ってくるのは俺だろうと予測しての判断だ。

自らを縛る魔法から解き放たれたリバイアサンは、今までとは比べものにならないほどの絶叫とともに、天へとブレスを吐く。今度のブレスは亜龍自身を傷つけることもなく、巨大な炎の塊となって空へと放たれた。

俺達を狙っていた訳ではないようで、俺やリアとブレスの間には数十メートルの距離があったが、それでもかなりの熱量を感じる。

あと十メートル近くにいたら、熱いでは済まなかっただろう。

それが終わると、リバイアサンは次に、全身から光を発し始めた。

『まりょくが、あつまってる！』

『とりあえず、距離取るぞ！』

俺に魔力を直接感知する能力はないが、それでもこれは大量の魔力が起こした現象だと、なんとなく理解できた。

急いで離れる俺達の後ろで、リバイアサンの光が収まる。

そこにいたリバイアサンには、傷一つなかった。

『これ、回復か！』

魔力を消費して、体力を回復する。

効果自体は出来損ない亜龍が使っていたのと同じ【半魔力生命体】だが、回復の速度が比べものにならない。

その上、これだけやっても亜龍のＭＰは、半分以上残っている。まさしく化け物だ。

『なあ。さっきからリバイアサンって、俺達に攻撃してないよな？　このまま、こっそり逃げればバレなかったりとか……』

『でもありゅう、おこってるよ？』

『怒ってるのか？』

『そんな、きがする。にげたら、おいかけられるかも？　……ためしてみる？』

『試してみよう。試すだけならタダだ』

こんなのに本気を出されたら、倒す方法なんて思いつかないし。

いや、実は倒せる可能性のある方法に一つだけ心当たりがあるのだが、ぶっつけ本番の一発勝負になる上、どうなるか分からない賭けだ。

亜龍が追いかけてこないことに賭ける方がよっぽどいい。

『じゃあ、きづかれないように、うみのしたから……』

『ブレスには気をつけて、もし予兆があったら、すぐに教えてくれ』

『わかった！』

俺は触板で周囲の反応を探りながら、こっそりと海に潜る。

そして少しでも居場所を分かりにくくするため、灯りをつけずに急速潜行しつつ、亜龍から遠ざかる。

『亜龍の様子はどうだ？　触板には映ってないみたいだが……』

『きてないねー。これ、にげられるかも？』

どうやら追いかけられずに、太陽の光が届かなくなる深さまで潜ることができたようだ。

視界は最悪に近いが、触板があるので灯りはつけないでおく。

『だといいんだが――あれ？　斜め後ろの影って何だ？』

『ななめ、うしろ？』

触板の範囲の斜め下あたりに、変な反応が映っている。

しかし、亜龍らしい反応ではない。

触板に映るリアの腕よりもやや細いくらいの何かが、狭い範囲に密集しているような感じだ。

反応が動かないところを見ると、その密集地帯は俺達と同じくらいの速度で、俺達と同じ方向に移動しているらしい。

しかし、リアにはよく分からないようだ。

『魔法的には、目立った反応がないということか。少しだけ安心できるな。……とか言ってたら、前からも！』

いくらリアに合わせるため、最高速度を出していないとはいっても、触板に映った時点で距離にはあまり余裕がない。

このままでは正面から突っ込むことになる。

『左に方向転換――向こうからもか！　照らすぞ！』

そう言って、俺は出力を抑えめにした光魔法を起動する。

発動された光魔法が、照らし出したのは――

『さかな？』

『魚だな……』

触板に映っていたのは、魚だった。スピアダーツその他、五種類ほどの魚が交ざり、群れのようなものを形成している
『リア、その魔法は魚にぶつかられても大丈夫か？』

リアは魔法で加速して泳ぐ俺とは違い、水中を飛ぶようにして移動している。

便利そうではあるが、パワーには欠けそうだ。

『ちょっと、おそくなるけど……だいじょぶ！』

避けられるような隙間がないため、俺とリアは魚の群れを押しのけながら進む形になるが、スピアダーツは水面を飛び出す時よりも遅く、他の魚は元々大した攻撃力を持っていないので、問題はなかった。

種類の交ざった群れというのは珍しいが、特に気にする必要はなさそうだ。

などと考えていたのだが――

『なあ。この魚、どこまで増えるんだ？』

『リアたちに、あつまってる？』

いくら振りきろうとしても、魚がいっこうに減らない。

それどころか、俺達を取り囲むようにして、周囲の魚はその数を増やしつつある。【情報操作解析】で探ってみても、原因は分からなかった。

『こいつら、何しに来たんだ？』

『うーん……わっ！』

考え込んでいた様子のリアが、急に驚いたようなそぶりを見せてバランスを崩した。

目に魚でも当たりそうになったのだろうか。

『やっぱり、魚もこれだけ増えると泳ぎにくいか？』

『さかなじゃなくて、まりょく！　うえから！』

『上から？』

ブレスなら、リアはブレスだと言うだろう。ブレスでないとすると――

異常な集まり方をしている魚に関係があるのではないかと思い、俺は【情報操作解析】を発動する。

対象は、近くにいたスピアダーツだ。

『……やっぱりか』

俺の予想は当たったようだ。

スピアダーツのステータスには、さっきまで存在していなかった『魔力オーバードライブ・外部付与』という状態異常が追加されていた。

説明文によると、どうやら筋組織などに過剰な魔力を含ませることで、一時的に身体能力を強化する魔法のようだ。

外部付与というのは、自前ではなく他の魔物にかけられたということか。

こんな魔法をかけるような魔物など、ここには一種類しかいないが。

『リア、魚に気をつけろ！　そいつら、強化されてるぞ！』

『さかな……きゃー！』

『来たか！』

魔法が付与されてから僅かな時間を置いて、俺達の周囲を囲んでいた魚達が攻撃に出てきた。

防具の魔法を貫いて俺にダメージを与えるほどの威力はないようだが、確かに威力が格段に上がっている。

どうやら魚達は、俺達を水面へと押し上げようとしているらしい。俺は抵抗できているが、魔法出力の低いリアは、大分魚に押し流されているようだ。

いや、触板に映る反応の動きを見る限り、魚が狙っているのはあくまで俺で、リアはついでのように見える。

『リア、ちょっと離れるぞ！』

リアさえ魚から逃がせれば、俺はこのままでもなんとかなる。

そう判断した俺は、加速魔法で魚を押しのけ、一気にリアから数十メートルの距離を取った。

『さかな、にげたよ！』

『この魚どもは、俺にしか興味がないらしい！　俺は大丈夫だから、今のうちに距離を取るぞ！　陸地はどっちだ！』

俺は周囲の魚を剣で切り払いながら、リアに質問する。

しかし、この数が相手では剣など焼け石に水だ。倒した分だけ、代わりが湧いてくる。

それどころか、触板の範囲である周囲二十メートル以内は、今やほぼ魚で埋め尽くされていた。

『あっちが、いちばんちかいよ！　ちいさいしま！』

リアの姿は魚の陰に隠れて見えないが、恐らく、リアが方向転換した先に島があるのだろう。俺はリアと一定の距離を保てるように速度を調整しつつ、リアについていく。

とりあえず、安定した、魚に攻撃されたりしない足場がほしい。

『また、まりょく！』

その途中で、リアが声を上げた。

それとほぼ同時に、魚の速度や衝突の威力が、また大きく上がる。

魚は下ばかりからぶつかってくるので、俺は深度を維持するため、加速魔法をかなり下に向けることを余儀なくされる。

周囲の魚を【情報操作解析】で調べると、状態異常が『魔力オーバードライブⅡ・外部付与』に変化していた。この魔法、重ねがけもできるのか……。

まだ動けるが、リアについていくのも大分きつくなってきた。

『また！』

そんな中、再度の強化だ。

流石にもう、上に押し上げられる勢いに勝てない。

俺は抵抗しつつも、ゆっくりと水面に向かって押し上げられていく。

『島までの距離は？』

『あと、一キロちょっと！』

一キロちょっと……それなら、もう少し距離を詰めればリアだけが上陸しても魔力はギリギリ届くはずだな。

よし。

『リアは先に、島まで逃げてくれ！』

『カエデは？』

『加速魔法で行く！　急げ！』

『わかった！』

リアに宣言しながら俺は、下に向けていた加速魔法を真っ直ぐ島の方向へと向ける。

下からガンガン魚が衝突し、俺は水面へと押し上げられていくが、それは無視する。気をつけるのはリアを魚に巻き込まないよう、僅かに方角をずらすことだけだ。

僅かな時間ののち、俺は水面に出る直前まで押し上げられた。

体感から言うと、進んだ距離は三、四百メートルといったところか。

これでとりあえず、島の端へは魔力が届くはずだ。

ただ、魚のせいで水面の様子は分からないが、このまま魚に押し出されるのを待っていると、リバイアサンによる待ち伏せ攻撃を受ける気がする。

そこで俺は加速魔法を右斜め上へと向け、自分から海を飛び出す。

「やっぱりか！」

俺が押し上げられる地点の前では、やはりリバイアサンが頭部に炎を纏い、いつでもブレスを放てる体勢で待っていた。事前に方向を変えたおかげで、俺は尾のあたりに出ることができたようだ。

どういう訳かは分からないが、リバイアサンは魚に指示を出す能力を持っているらしい。

違う場所から俺が顔を出したのを見ると、リバイアサンはこちらを振り向こうとする。

しかし俺はすでに水から出て、本来の加速力を取り戻していた。リバイアサンがブレスを放つよりも早く高度を上げるべく、俺は加速魔法を発動し――リバイアサンが俺の頭上へと顔の向きを変えたのを確認して、即座に加速の方向を斜め下に変更した。

修正が間に合ったせいで炎は俺の遥か頭上に消えていったが、あのまま上へと加速していたら直撃だった。

流石のリバイアサンでも、ブレスの直後は隙ができたので、俺はグラビトンソードに魔力を込め、リバイアサンの覚醒前と同じように斬りつけた。

爆発とともにリバイアサンのうろこが剥がれ、体に浅い傷がつき――一瞬で元に戻る。

そればかりか、リバイアサンは俺に向かって尾を振り回し、猛烈な速度で叩き付けてきた。

とっさにグラビトンソードをアイテムボックスにしまい、刃杖で受け止め、反対方向へ加速魔法を発動して距離を取る。

最初の盾とは違い、刃杖は無傷だった。流石のリバイアサンも、メタルリザードメタルを削り取ったりはできないらしい。

しかし音速を超える加速魔法に偏差射撃を合わせてこられる上に、この回復力とパワーか。長期戦に勝ち目はなさそうだな。

『リア、島には着いたか？』

『いまつくとこ！』

『どこかに、頑丈な足場はないか？』

『つちと、すなばっかりだけど……』

『海辺の岩場とかでもいい。思いっきり力をかけても、足が沈まない場所だ。見つけたら場所だけ教えて、そこから離れてくれ』

亜龍を倒せる可能性のある作戦は存在するが、成功にしろ失敗にしろ、周囲にはかなりの被害が出ることになる。

近くにいれば、リアが無事で済むとも限らない。

『わかった！』

普段なら魔物を相手に離れるなどということは拒否するリアだが、珍しく素直だ。

亜龍相手だと基本的にリアは傷一つ与えられないので、仕方ないということなのだろうが。

……さて。俺は俺で、島に向かわねばならない。

しかし島の方角にはリバイアサンが長い体を横たえ、俺の通ろうとする道をふさいでいる。

抜ける隙間はいくらでもありそうに見えるものの、簡単には撒けそうにない。

「まあ、突き進むしかない訳だが」

俺は武器をアイテムボックスにしまい、自分を軽量化する。少しでもスピードを出すためだ。

そしてリバイアサンが攻撃を仕掛けるために加速してきたところで、俺は急に加速魔法を最大出力で発動させ、リバイアサンとすれ違うように動く。

リバイアサンは方向転換しつつ、尾で俺を叩きにかかってくるが、俺はそれを上向きに加速して回避した。

音速を出したところで、一秒で移動できる距離はおよそ三百四十メートル。今の位置から島へ到着するには、二十秒もかかる計算だ。

こうなると、問題は亜龍の速度だが――

『やっぱり、飛ぶのか！』

ほぼ音速で水面の上を飛ぶ俺を、亜龍は空を飛びながら追いかけてきた。

リバイアサンの羽は小さいため、飛べないのではないかと少しだけ期待したが、そう上手くはいかないようだ。

むしろ空気の抵抗が減るため、有利なのかもしれない。

ただ一つ確実なのは、亜龍の速度は俺よりも速く、俺は距離を詰められつつあるということだ。このままでは、島に到着する前に追いつかれる。

その上、有効打を与えられる威力の攻撃を準備するには、多少の時間が必要だ。

仮にギリギリで島にたどり着けたとしても、その時間がなければあまり意味がない。

『魔力が届かない距離になるかもしれないが、大丈夫か？』

『このへんのまものは、たおしたからだいじょぶ！　がんじょうないわも、あったよ！』

もう全部倒したのか。仕事が速いな。

『じゃあ、岩の場所のあたりで目印になるような魔法でも使って、待避しててくれ！　できれば、亜龍とは反対方向にだ！』

『うん！』

リアの返事を確認してから、俺は加速魔法を垂直に上へと向け、一気に高度を上げた。距離が離れたせいで、リアとの通信が切れる。

リバイアサンもすかさず上へと方向転換し、俺との距離が詰まる。リバイアサンが完全に方向を変えるのに要した距離は、およそ百メートルといったところか。

そこまで確認したところで、リバイアサンが頭部に炎を纏い始めたのを見て、俺は進路を百八十度切り替え、今度はリバイアサンの真横を抜けるようにして、下向きへと加速する。百メートルの距離が一瞬で詰まるこの速度域での戦闘だと、加速魔法の扱いにくさもあまり気にならないな。

そんな俺の背後を、またも空振りとなったブレスが通り過ぎていった。

ブレスはおおよそ頭部を頂点とした円錐形の範囲を焼き払うため、距離を詰めた方が回避しやすいのだ。

だが、それと引き替えに俺と亜龍の距離は、触板に亜龍の頭部が映るほどまでに縮まった。

亜龍と自分の距離が少しずつ詰まるのを触板で確認しながら、俺は下向きに加速魔法を発動し続ける。

俺を追うリバイアサンの動きは、今までの追跡で大体掴めている。俺は予測したリバイアサンの動きをもとに、紙一重で亜龍の頭部をかわすようなタイミングで斜め上に加速魔法を発動し、下向きの速度を殺すと同時に水平に加速した。

背後でリバイアサンが海に突っ込み、轟音と巨大な水しぶきを上げる。作戦成功。

リバイアサンも俺と同じで、水中よりも空を飛んでいる方が速かった。ならば俺も、亜龍を水に叩き込んでやればいいのだ。

リバイアサンが速度を上げるため、再度水中から飛び立とうとする気配を感じるが、俺は振り向かない。極限まで空気抵抗を減らすべく体をまっすぐ伸ばし、ただリアの置いた目印の場所を目指す。

そして目印のつけられた、海岸から少し離れた位置にある大岩が見えると、俺は加速魔法を下へと向け、手加減なしで地面へと突っ込んだ。

足の骨が折れたような痛みを感じたが、回復魔法で即座に治して岩に上り、俺はリバイアサンの方向へと向き直る。

様子を見るに、稼げた時間は五秒といったところか。本当に賭けだな。

などと心の中で思いつつも、アイテムボックスからグラビトンソードを取り出し、加減など全く考えずに魔力を押し込み始めた。

魔力が一気に減っていき、過大な魔力に晒された剣が、魔力と共鳴するように甲高い音を立て始める。同時に剣の重量も一気に上がっていき、両手で支えることすら困難になり始める。

身体強化魔法。

この世界に来た頃から存在は予感しつつも、体への負担や悪影響を考えて試そうとしてこなかったのだが、似たような魔法の存在はリバイアサンが証明してくれた。

どうやら、俺も同じ魔法を使わざるを得ないようだ。

俺は筋肉を魔力で補助するようなイメージと共に、自分の体内へと魔力を送り込む。

ステータスに『魔力オーバードライブⅥ・内部付与』という文字が表示されていた。

しかし、これではまだ足りない。加速度的に増す剣の重量に、強化が追いつかない。

やむを得ず俺は、グラビトンソードに対してしたのと同じように、自分の体に魔力を押し込む。

「ぐっ……」

無理を強いられた筋肉が悲鳴を上げ、体中に激痛が走るが、『魔力オーバードライブ』の上に回復魔法を重ねがけして、強引に強化を維持する。

『魔力オーバードライブ』もグラビトンソードと同じく、短時間に放出できる魔力量の枠外のようで、魔力の消費がさらに加速した。残りの魔力量からいって、あと三秒もつかどうかといったところだ。

亜龍が俺のもとにたどり着くまでの時間も大体そのくらいなので、この一撃で勝負を決められなければ、恐らく詰みだ。

リバイアサンが完全に水から抜け出し、一気に距離が詰まり始める。

その様子を見据えながら、俺は剣と身体への強化を続ける。足場となった岩はなんとか耐えてくれ

ているものの、靴底が重さに耐えきれずに変形し始めた。『魔力オーバードライブ』のレベルは、36まで上がっている。

リバイアサンまで、残り三百メートル、二百メートル、百――

頭部に炎を纏い、ブレスを放つ準備を済ませて突進するリバイアサンの動きを少しでも見逃さないよう、俺は意識を集中させる。

そして、リバイアサンが口を開くような動きを見せた。

「食ら――えっ！」

剣本体が届く距離ではない。しかし剣が届くまで待っていては、こちらがブレスで焼き尽くされるのが先だ。回避を試みたりできるほど、この剣の重さは生ぬるくない。

だから俺は、大上段に構えたグラビトンソードを、亜龍の頭部へ向けて振り下ろす。亜龍を倒せる確率が一番高い瞬間があるとしたら、それは今だ。

「ぐあっ！」

その剣がもたらした結果を、俺は直接見ることができなかった。

剣を振り下ろした瞬間、空気と海面がほぼ同時に爆発し、俺を吹き飛ばしたのだ。

なんとか最後まで振り抜くことはできたはずだが――リバイアサンがどうなったかについては、全く見当がつかない。

確かなのは、魔力を込めた剣を振った俺自身が数十メートルも吹き飛ばされたということと、周囲の地形が以前とは明らかに違うということだ。

土煙や水煙で視界がよくないが、俺が剣を振った場所にあった岩が消滅しており、そこから海へと続いていたはずの陸地は大きくえぐれ、海水が流れ込み始めているのがうっすらと見える。

空高く吹き飛ばされたメタルリザードの装甲板が近くに落下し、鈍い音を立てるのが聞こえた。

『魔力オーバーロード』を維持するために回復魔法を使い続けていなければ、俺も自滅していたかもしれない。

しかし、リバイアサンの様子が未だに分からない。リバイアサンがいた海はすでに煙に覆われ、見えなくなっていた。クラーケンの時とは違い、なかなか晴れる様子がない。

思いきって、自分で偵察しに行こうかと地面に手を突くが、上手く起き上がれなかった。というか体が痛い。

回復魔法を使ってみるが、どうやら一瞬で回復という訳にはいきそうにない。

『リア、聞こえるか？』

一瞬考えて、俺は通信魔法を起動した。

亜龍のように巨大な魔力反応なら、リアはたとえ寝ていても探知するだろう。

回復が終わるのを待つよりよっぽど早い。

『ありゅう、たおしたよ！　もしかして……いちげき？』

『なんとか、倒せてたか……。一応、一撃のはずだぞ』

一撃で倒せなければ、回復されて終わりだからな。

『なんか、すごいまりょくがあつまってたけど……あれ、なにやったの？』

『身体強化魔法だ。「魔力オーバードライブ」って名前らしいが。まあ、とりあえず反動がきつい』

通信魔法で話していると、リアが魔法で飛んでくるのが見えた。

回復の方も、なんとか立ち上がるくらいはできるようになったようだ。

「よっ……と」

久しぶりに体の重さを感じながら、俺は立ち上がる。

ついでに【情報操作解析】で自分のステータスを確認したところ、『魔力反動三五七九九五』という文字があった。

回復魔法を使うと数字が少しずつ減っていくようだが、元の数字が三十万オーバーなので、焼け石に水な感じがある。

自然回復する魔力をまとめて突っ込んだとしても、完全復活には数日かかりそうだ。

まあ、幸い魔法は普通に使えるようなので、帰り道の海で溺れさえしなければなんとかなるだろう。

いや。海なら加速魔法が使える分、普通に歩くより楽かもしれない。

『おぉー……なんか、ひどい！　カエデ、なんでいきてるの？』

『……そんなに酷い状況か？』

『まりょくが、たいへんなことに……あっ、わかった！』

『何だ？』

『カエデだからだ！』

理由になっていなかった。これ以上ついてもやぶへびな気がするので、この話題はやめておくか。

などと話しているうちに、少しずつ水煙が晴れて、様子が確認できるようになってくる。

リバイアサンの巨体は、岸から数十メートルの位置に頭を置くようにして、沖の方へと続いていた。

ＨＰはゼロなので、ちゃんと倒せているようだ。

ＭＰはまだ大分残っているので、恐らく【半魔力生命体】での回復が追いつかなかったのだろう。

「これ、死体回収はかなり大変そうだな……」

煙が晴れて見通せるようになった地形を見ながら、俺は呟く。

酷いことになっていたのは、俺が立っていた岩の周辺だけではなかった。

余波によって草木のほとんどは吹き飛ばされたり炭化したりしており、岩も砕けて鋭い表面を晒している。

なんというか、とても歩きにくそうだ。

そもそもこれだけのサイズがあると、解体しなければ収納すらできないのではないだろうか。

『ちょっと、みてくる！』

そう言いながらリアは、荒れ果てた島の少し上に浮かびながら、海の方へと飛んでいった。

こういう時には、戦闘時じゃなくても普通に使えるリアの魔法がうらやましい。俺が今加速魔法を使うと、ただでさえボロボロの体をさらに痛めつける結果にしかならない。

そんなことを考えながら、俺は歩いて島の斜面を下っていく。どうやらこれだけボロボロでも、慣れれば地球にいた頃よりは力を出せるようだ。普段のように自動車のような速度で駆け下りるのは無理だが。

俺が歩いているうちに、リアの姿が消える。どうやら海に潜ったようだ。

『おおー、ふかくなってる！』

『深くって……海底がか？』

『うん！　にばいくらい、ふかくなってる！』

海の深さが二倍になったのか……。反動がなくても、気軽には使えないな……。

こんな攻撃を気軽に使ったら、国土地理院の人に怒られてしまう。この世界で地図を作っているのは恐らく別の組織だろうが。

どうして俺の攻撃手段は、こうも扱いにくいものばかりなのか。

もっとこう、一秒くらいで発動して、ピンポイントで今の攻撃とか【静寂の凍土】くらいの威力を出せる魔法がほしいものだ。

島の斜面を下り終わり、海の近くへたどり着いた俺は、ふと違和感を覚えて空を見上げた。

なんか、雲の形が戦闘前と違うというか、俺が振った剣の軌道にそって、不自然な直線状の切れ目が入っているような――いや、気のせいだろうな。

うん。気のせいということにしておこう。雲の形は最初からこうだったのだ。

『さて。問題は死体をどうするかだが……』

海に飛び込み、加速魔法で泳いでリバイアサンにたどり着いた俺は、試しにリバイアサンを収納するようにアイテムボックスを発動してみる。

明らかに重量オーバーなので、どうせ入らないだろうと思いつつだったのだが――アイテムボックス発動の瞬間、リバイアサンが消えた。

「うわっぷ」

数千立方メートルもの体積が急に消えたことで、リバイアサンの死体があった場所に海水がどっと流れ込んできた。

俺は慌てて加速魔法で海から抜け出し、アイテムボックスを確認する。

『……リバイアサン、入ったな』

アイテムボックスの様子は、今までに見たこともない奇妙なものだった。

リバイアサンの死体が、アイテムボックス枠を数百個ぶち抜くような形で収納されている。

今まで、こんな形で収納されたものなど見たことがないのだが……やはり、魔物と普通のものでは違うということなのだろうか。

まあアイテムボックスの枠は未だに千個以上空いているし、とりあえずよしとしよう。

『じゃあ、かえるの？』

『ああ。ミナトニアに戻ろう』

そんな会話とともに、俺達は島を後にする。

地形を大分改変してしまった気がするが……まあ、リバイアサンの死体を見せれば納得してもらえるだろう。

加速魔法で泳ぎながらミナトニアへと移動するうちに、体は大分動くようになってきた。

魔力反動の数値は千ほどしか減っていないが、もう非冒険者基準で『普通に走る』ことくらいはできそうだ。

『とりあえずは、ミレイの様子を見に行くか』

リバイアサンと戦ったのは俺達だけだが、ミレイも五十人近い『新世代の篝火』に、一人で追撃戦を挑んだのだ。

もはや追撃というより特攻なんじゃないかと言いたくなる人数差だが、一人は一人でもデシバトレ人一人なので、そこまで心配はしていない。

『ミレイ、あっちにいる！』

海を泳いでいるうちに、リアがミレイの居場所を見つけたようだ。

俺達はそちらに向かって少し進路を変え、通信魔法を試しながら進んでいく。

『カエデ、だいじょぶ……？』

『ああ。少しずつ回復はしてるからな。全力を出すには、あと二日くらいかかりそうだが』

海から上がり、俺達はミレイの方へと走る。

普段は俺がリアにスピードを合わせている形だが、今はリアが俺の方を待っている感じだ。

反動の数値が減るペースを見る限り、完全復活までは二日といったところだろう。

リアと同じ速度で走るくらいなら、明日あたりにはできそうな気もする。

『おっ、繋がったか』

話しながら走っているうちに、ミレイと通信が繋がった感じがした。

その感覚は正しかったようで、すぐにミレイの声が聞こえる。

『カエデ？　随分と早いけど……『新世代の篝火』の魔法を解除して、亜龍を撒いてきたとか？』

『いや、倒したぞ』

『この短時間で⁉』

言われてみると、時間は確かに短かったな。ミナトニアを出てから、二十分も経っていない。戦闘に要した時間は、実質二分といったところだろうか。

まあ、半秒で状況がひっくり返る戦闘なんて、何十分間も続けていられないからな。

『いちげきだったよ！』

『亜龍討伐といったら、攻略戦並みの戦力が必要な大規模戦闘のはずなんだけど……一撃？　カエデにかかれば、亜龍もガルゴンと同じなのね……』

『いや、そういう訳じゃないぞ。一撃って言っても、残った魔力を全部まとめて突っ込んだ反動技だ。しばらくはまともに戦えないくらいだ』

あれで勝負を決められなかったら、死んでいたのは俺の方だし。いずれにしろ、二分そこそこのスピード決着だ。

『反動付きの魔法って、普通は命を犠牲にする奴なんじゃ……。ちなみに、何年くらい動けないの？』

『二日だ』

『短い！　新米冒険者が無理しすぎて筋肉痛になってるのと、全然変わらないじゃない！』

『まあ、回復魔法を使い続けて二日だからな……。それで、ミレイの方はどうだ？』

まだ追撃開始から二十分そこそこしか経っていないが、追撃はどのくらい進んだのだろうか。ミレイが無事なようなので、少なくとも返り討ちには遭っていないだろうが……。

『「新世代の篝火」のことなら、五十人くらい倒したわ』

『……なあリア。ミレイが追撃する前、「新世代の篝火」の連中は何人いたっけ？』

『ごじゅうにん、くらい？』

『全部じゃないか！　短時間とか、人のこと言えないだろ！』

『それが、ゲイナーだけ見つからないのよ。影武者っぽいのは倒したけど、ちゃんと両腕があったから別人ね』

ゲイナーか……。あいつが本命だったんだが、やっぱり何か、特別な対策を講じていたのだろうか。

『リア、ゲイナーの魔力反応は？』

『んー……いないねー……』

どうやら、見つからないようだ。

範囲外に出たのか、なんかシェルターでも作って隠れているのか……。いずれにしろ、ノーヒントで見つけるのは厳しそうだ。

『リアちゃんで無理なら、私にも無理ね。いったん戻る？』

『ほぼ見つからないと分かっている相手を追撃するくらいなら、連中がいた遺跡を押さえた方がいいだろうな。「革命の炎」で大分やられたみたいだが、まだ多少の資料は残ってるだろうし』

『そうね。……でも、カエデは遺跡に入って大丈夫な状況なの？　動けないって話だけど……』

確かに今の体力では、『革命の炎』で色々と崩壊した地形に入っていくのは厳しい気がする。

それと、亜龍と戦った島を下りる際に切ったのだろうか。見慣れない傷が、指先についていた。

傷自体は回復魔法で一瞬だが、どうやら防具の魔法が切れているようだ。流石にこの状況で遺跡に入るのは自殺行為だな。

『新世代の篝火』がほとんど全滅したとはいえ、まだ罠は残っているのだろうし。

『とりあえず残党だけリアの魔法で倒して、入り口とかをふさいで放っておくのはどうだ？　完全復活には二日くらいかかりそうだが、明日にはそこそこ戦えるようになってる気がするし』

『ふさぐっていうか、監視がほしいわね……。とりあえず、遺跡の入り口で合流しましょう。カエデが新しく開けた方じゃなくて、爆破されかけた方の』

『そうするか』

ちょうど俺達も、遺跡のあった畑を囲む壁にたどり着いたところだった。

今までのように壁を乗り越える気は起きなかったので、適当に岩の槍を撃ち込んで人が通れる穴を開ける。

元々『新世代の篝火』の協力者だった領主が作ったものだし、壊してしまっても問題ないだろう。

入り口を目指して歩くうちに、ミレイが壁を飛び越えるのが見えた。

『おっ、カエデ達発見！　そっちに行くわよ』

少しして、ミレイが俺達のもとへ到着する。

「……反動技っていう割には、普通な感じね……。魔物相手でも、普通に戦えるんじゃないの？」

「魔法でなら戦えるぞ。走れないから、ほとんど固定砲台だけどな」

言いながら俺は、適当な地面に岩の槍を撃ち込む。

うん。威力は衰えていない。

「そもそも普通の魔法使いは、歩きながら魔法を撃ったりできないんだけど……」

「でも、リアだって飛び回ったり走り回ったりしながら魔法を撃ってるぞ？」

「リアちゃんって、世界でもカエデの次くらいに普通から遠い魔法使いよね？」

「……じゃあ、フォトレンの海に直接炎魔法を撃ち込んでボートキラーを狩っていた、筋肉ムキムキの魔法使いはどうだ？」

「それもデシバトレ人だし、明らかに普通じゃ——ちょっと待って。誰かいるわ」

遺跡の入り口が近付いたところで、ミレイが急に止まった。

どうやら遺跡の入り口に、人がいるらしい。俺のいる場所からも、木々の間からうっすらと顔が見える。

黒ローブは着ていないようだが……。

『あれ、「新世代の篝火」か？』

『デシバトレで見覚えのある顔だから、変装でもされてない限り違うと思うわ。……っていうか、これ気付かれてるわね』

言われてみると、確かに遺跡の入り口にいる男達が、こちらをちらちら見ている気がする。

『俺は変装じゃないと思うが……どうする？』

『とりあえず、まほうはなさそうだよ？』

リアの言う通り、【情報操作解析】によると彼らは偽装系の魔法など使っておらず、しかもデシバトレ人らしいステータスを持っている。

『とりあえず、本物かどうか確かめてみればいいんじゃないかしら。手っ取り早い方法があるわ』

『手っ取り早い方法……？』

『そうよ。とりあえず、近付くのを敵対と見なされて攻撃されても困るし、普通に顔を出してもいいわよね？』

『問題ないが――』

俺の了承を取るなり、ミレイは挨拶をしながらデシバトレ人らしき、槍を持った冒険者へと近付いていく。

「久しぶり！　えーと……ジェイスと、ゴスパーだったかしら？」

「ああ。誰かと思えば、ミレイか！　となると後ろの二人は――」

俺達も、それについていく形だ。

「カエデとリアよ。もしかして、援軍？」

「ああ、そういうことだ。デシバトレに行く途中で泊まったところで、例の組織と戦うから援軍よこせって話がギルドから来てな。急いで駆けつけたって訳だ」

「ってことは、ジェイス達はデシバトレ人なのね？」

「ああ。そういうことだ」

……うん？　話の繋がりが急によく分からなくなった。

この三人、知り合いじゃないのか？　デシバトレ人かどうかなんて、試す意味が——

などと考えていると、急に状況が動いた。

ミレイが一瞬で槍を構え、ジェイスと呼ばれた冒険者へと突き出す。普段より僅かに遅い気がするが、恐らく十分な殺傷力を持った威力だ。

ジェイスと呼ばれた男は手に持った剣でミレイの槍を弾き、逆にミレイへと剣を突き出した。

それをミレイが槍で受け、数歩後ろに下がる。

『ミレイたち、なにやってるの？』

『俺達も、参戦した方がいいのか……？』

これが本気で殺し合っている風であれば、確認を取るまでもなく参戦しているのだが、二人からは相手を倒そうという意思が感じられなかったのだ。

「なるほど。問題はなさそうね」

「ああ。お互い本物らしい」

呆気に取られる俺達の前で、ミレイ達が武装を解除した。訳が分からない。

「……何が起こったんだ？」

「ああ。今のはなりすまし対策だ。見た目は偽装できても動きは再現できないからな」

なるほど。戦闘力で本人確認をする訳か。

一般人が見たら、何事かと思うだろうな。というか俺も思ったし。

「それで二人は、これから遺跡を攻略するところ?」

「いや、俺達の役目は、外から来て証拠隠滅をしようとする奴の討伐だな。入り口を押さえながら攻略するには数が足りない。向こうの方にでかい穴が空いてるせいで、そっちにも人を取られるもんでな……」

そう言ってジェイスは、【大火球】の落ちた方角を指した。

「三日後あたりに追加の増援が来るらしいし、その後なら許可が下りると思うんだが……遺跡を攻略したのって、カエデ組だよな? なら入るのに許可はいらないはずだぞ。戦力も申し分ないだろう。中に入るか?」

俺達以外は、許可が必要なのか。そういう仕組みがあったとは知らなかった。

というか俺達、カエデ組って呼ばれてたのか。

『どうしたらいいかしら? 今すぐ攻略するのも、ありと言えばありだけど……』

『できれば、万全の態勢で臨みたいよな。とりあえずリア、遺跡のあたりに、人の反応は?』

『んー……あなのところに、ふたりくらい?』

『俺の開けた穴か?』

『うん!』

それは多分、ジェイス達の仲間のデシバトレ人だな。

ということは、遺跡の中に『新世代の篝火』の連中はおらず、入り口を押さえている限り、証拠隠滅の心配はないということだ。

であれば、今のようなボロボロの状態で危険のある場所に行くような無理をする必要はないだろう。

『とりあえず、明日まで回復を待とう』

『分かったわ』

通信魔法で話がまとまると、ミレイが口を開く。

「亜龍を倒してきたせいで、魔力切れなのよ。明日には魔力が回復するだろうから、それから攻略するわ」

「そうか。どっちにしろ俺達は増援が来るまでここで待機だが、もし自分達で中を調査したいなら、ギルドに伝えといた方がいいぞ。カエデ組から特に希望がなければ、ギルドは人が揃い次第、調査に入るだろうからな。……っていうか今、サラッと亜龍がどうとか言わなかったか？」

「亜龍を倒したらしいわよ。私は別行動だったから、その場面は見てないけどね」

「ちなみに、種類は？」

「ゲイナーは、リバイアサンって言ってたけど、どうだったの？」

「リバイアサンだったぞ。他のリバイアサンを見たことがないから、アレが普通なのかはよく分からんが、百メートルくらいあったな」

「リバイアサンって、上級亜龍じゃねえか！　百年前のリバイアサンよりは少し小さめな気がするが……二人だけでどうやって倒したんだ？」

「まあ、ちょっと新しい魔法みたいなのを使ってな。短期決戦に持ち込んだ」

あれを魔法と呼んでいいのかは、よく分からないが。というか前にリバイアサンが出たのって、百年前なのか。

まあ魔力を使っているし、多分魔法だろう。……というか
「上級亜龍相手に短期決戦……なるほど、レイクの言っていたことがよく分かった」

何が分かったのだろうか。

なんとなく、聞かない方がいい気がした。

「カエデがおかしいのはいつも通りだからいいとして、まずはギルドに報告ね」

「ああ。町へ戻ろうか」

俺達は元のルートを辿り、ミナトニアへと戻る。

半日ぶりに戻ってきたミナトニアは魔物が襲ってきた時のようなパニック状態ではなかったが、少しだけ騒がしい気がする。

町の門で身分証を提示すると、衛兵に声をかけられた。

「冒険者か。招集がかかる可能性があるから、戦闘に備えてくれって要請が出てるぞ。仮にも前線都市だから、Eランクにまで招集がかかることはないだろうが……」

「何かあったのか？」

「理由は分からないが、妙な報告が沢山上がってるんだ。前触れもなく妙に高い波が来たり、港から魚が消えたり……こんなのはまだマシな方で、酷いのになると、突然雲が二つに分かれたなんて荒唐無稽な報告まで上がる始末だ」

……うーん。心当たりがある。

どうやらミナトニアはリバイアサンには気付かなかったものの、戦闘の影響はここまで届いていたようだ。

リバイアサンは異常な数の魚を集めて俺達にけしかけたし、異常な波はリバイアサンの移動や墜落、それからグラビトンソードの影響だろう。

雲が二つに分かれたという件は知らないが。たとえその雲の分かれ目が俺の剣筋の延長線上にできていたとしても、知らないものは知らないのだ。

「ちなみに、その波での被害とかは？」

「被害はないが、不気味なのは確かだ。亜龍出現の予兆だって話もあるし、遠くの海で化け物とデシバトレ人が戦ってるなんて与太話もあったな。まあよく分からないから、ギルドもまだ一般冒険者には招集をかけていないんだろう」

そんな話をしつつ、俺達はミナトニアへと通される。

『カエデ、雲まで壊してたのね……』

『おい。なんで俺だって決めつけた』

『他にいないからよ。まあ、亜龍の可能性もちょっと残ってるわね。賭ける？　私はカエデの方ね』

『リアも、カエデ！』

『……じゃあ、俺は亜龍――』

多少の出費で無実を主張できるなら、それはそれで悪くない。

そう思い、俺は即座に亜龍を選択しようと――

『ちなみに、掛け金は一千万テルよ』

『やっぱりカエデの方で』

ミレイの自信が半端ではなかった。いくら所持金に余裕があっても、一千万テルは痛い。普通に豪邸が建つ額じゃないか。

『何その手のひら返し！　賭けが成立しないじゃない！』

『臨機応変な対処って、大切だよな』

手のひら返しは悪いことのように言われることもあるが、刻一刻と変わっていく状況に対応する上で、何かあった時の素早い手のひら返しは極めて重要だ。

某ネットゲームの上位陣などは、手のひら返しのあまりの素早さに、『手首にモーターが仕込まれている』などという噂が立つほどだった。

そこで培った技術は、いまだ健在だ。

『それはそうとして、ギルドに着いた訳だが……報告は、「新世代の篝火」の件と同じ対象でいいよな？』

そう言いつつ、俺はアイテムボックスに入っている板に書かれた内容を確認する、
どうやらこの町のギルドで『新世代の篝火』の件を知っているのは支部長と、エリスという名前の受付嬢のようだ。

「エリスさんか、支部長はいますか？」

「支部長はフォトレンに出張中ですが――」

カウンターの受付嬢に聞くと、受付嬢が答え終わる前に、部屋の奥から一人の女の人が走ってきた。受付嬢と同じ制服を着ているが、雰囲気がベテランっぽい。あと、お堅そうな感じだ。どうやら、この人がエリスさんらしい。

「私がエリスです。カエデさん、ゾエマースのことを連絡できず、申し訳ございませんでした！」

そして、いきなり謝られた。

「相手が領主じゃ、仕方がないでしょう。バックについていた相手も相手ですし」

「ですが私が領主に捕まっていなければ、もっと迅速に増援を用意できたはずで……」

この人、領主に捕まってたのか。支部長の出張中に、一人しかいない要員をピンポイントで捕まえるとは、なかなかやるな。

まあ、考えたのはどうせ『新世代の篝火』だろうが。

『一応、支部長が敵の手の者という可能性も考えておいた方がいいか？』

『そうね。まあ支部長の出張は珍しくないし、単に行き違いになっただけの気がするけど』

ミレイと相談しつつ、俺は話を進めにかかる。このままでは本題に入れないからな。

「その件に関しては、向こうから動いてくれたおかげで討伐がやりやすかった部分もありますから。それはそうと、報告があります」

「ですが……いえ。ご報告ですね。ではこちらへ」

報告と聞いて、エリスさんも謝罪モードをいったん引っ込めたらしい。

先ほどとは違った冷静な口調で、俺達を奥の部屋へと案内する。

「やはりご報告というのは、『新世代の篝火』に関する件ですか？」

「あと、ありゅう！」

リアの言葉に、エリスさんが目を見開く。

「まさか、亜龍が召喚されたんですか!?　種類は？」

「リバイアサン！」

「しかも、リバイアサン……前回の出現から時間が経ちすぎていて、資料を揃えるのに時間がかかりそうですが、まず短期間での討伐は不可能だと見てよさそうですね。急いで一帯に避難命令の準備を――」

おいリア。肝心なことを伝えずに亜龍の種類だけ教えてどうする。

「あ、リバイアサンはすでに討伐済みです。俺のアイテムボックスに入ってます」

「なるほど。リバイアサンはアイテムボックスの中……と。『新世代の篝火』に関しては、フィオニーさんから報告のあった遺跡にいたということでいいですか？　何やら入り口が焼け焦げていたり、遺跡を貫くような大穴が空いていたりしたようですが……」

「それで合ってます。残党は――」

俺やリアが状況の説明をして、エリスさんがメモを取る。

こんな状況がしばらく続き、地形に関すること以外の報告が終わった頃、ミレイがツッコミを我慢できなくなったとでもいうような顔で呟いた。

「あれ？　カエデ達が言ってる内容って、常識的に考えて明らかにおかしいわよね？　なんで普通に受け入れられてるの？」

「私は昔、デシバトレ関連の部署にいましたので」

「デシバトレでも、亜龍を一撃とかないわよね？」

「あり得ないことが起こるのなんて、いつものことですよ。あぁ、ガルデンが素手で倒されたと聞いただけで驚いていた頃が懐かしいですね……」

「駄目だこの人。感覚が麻痺している……」

どうやら、デシバトレ関連の部署とやらでは、メンタルを鍛えることができるらしかった。過剰なまでに。

まあ、話が通りやすいのはありがたいのだが。この調子なら、地形のことを報告しても大丈夫だろう。

「それと、亜龍との戦闘で地形が若干変わりました」

「ああ。亜龍による地形改変ですね。亜龍戦では毎回のことです。どこが、どうなったんですか？」

「ミナトニア沖にある島の一部が入り江になって、あと海の一部が元の倍くらいの深さになりました。それと地形が変わった原因は多分亜龍じゃなくて、俺の魔法です」

「……さ、流石に人間が戦闘で地形を改変したというのは初めて聞きました。海の深さが倍って、一体何をしたらそういうことに……」

「亜龍を一撃で倒そうとしたら、予想以上に広範囲に影響が出まして」

本当はスマートにリバイアサンだけを攻撃したかったのだが、そんな細かい調整が利くような状況ではなかったのだ。むしろ命中しただけマシというべきか。

「一撃……ああ。亜龍は一撃で倒すものでしたよね。そうですよね。えぇ。何もおかしいところはないですね――って、そんな訳ありますか！」

「あっ、おこった」

急に声のトーンを上げたエリスさんを見て、リアが呟く。

しかしエリスさんは、へこたれなかった。

「落ち着きなさいエリス。最前線都市情報部心得第一条を思い出すのよ。デシバトレ人の言うことを理解しようとするな。ただ何が必要かだけを考えて、その通りに対処しなさい……」

自分に言い聞かせるようにしながら、エリスさんは冷静さを取り戻していく。

そして数秒の後に、再度口を開いた。

「失礼しました。とりあえず地形改変の報告書には『亜龍との戦闘中に起きた改変』と書いておきましょう」

「それでいいのかしら……」

「嘘はついていませんし、ギルド内部での報告書とは別ですから。この報告書で重要なのは場所と状況であって、原因ではありません。むしろ亜龍が出現してこの程度の被害で済んだのは、とてもありがたいことです。普通なら消滅した村や町のリストで、報告書が半ページ埋まったりしますから。上級亜龍だと一ページでも足りないかもしれません」

亜龍討伐って、普段はそんなことになるのか。

確かにあの攻撃力とスピードだと、リバイアサンがその気になれば町や村を滅ぼして回るくらい簡単なのかもしれない。

というか、普段はどうやって討伐しているんだ。

「これで報告書は完成ですね。ご協力、ありがとうございました。報酬はフォトレン支部で受け取れるように手配しておきます」

……などと考えているうちに、報告書が完成したようだ。

『新世代の篝火』の件はギルドカードに記載されない依頼のため、俺達は特に手続きもなくギルドを出て、宿へと戻る。

フィオニーへの連絡もしたいところだが、回復に魔力が必要な今、魔力食い虫の通信用魔道具を起動する訳にはいかない。

後は、明日まで休むだけだ。

だが今の俺には、ただ休むだけでも課題は残っている。

「この薬、二時間しか効果がもたないんだよなぁ」

宿に戻った俺は、手に持った魔力回復加速ポーションを見ながらぼやく。

魔力の自然回復量を十倍にまで高めてくれる魔力回復加速ポーションは、俺にとって非常に便利なポーションなのだが、当然寝ているうちに効果が切れる。

魔力回復が遅くなるということは、魔力反動の回復が遅くなるということだ。

明日以降やることがないのであれば、ゆっくりと回復を待てばいい話なのだが、残念ながらそうもいかない。

「リア、いいのしってるよ！　ませき、かして？」

俺が悩んでいると、リアが声を上げた。

どうやら、いい案があるようだ。

俺はアイテムボックスから魔石を取り出し、リアに渡す。

するとリアが魔石に何やら細工を施した。

「あたまに、つけて！」

言われた通りに魔石を頭へと持っていくと、魔石はひとりでに俺の頭上数センチの位置まで浮き上がって静止する。

それを見て、リアが叫んだ。

「てすと！」

次の瞬間、鈍い衝撃が俺の頭を襲った。

どうやら俺の頭上数センチに浮いていた魔石が、浮くのをやめて俺の頭へと当たったらしい。

「いたっ……くはないな」

幸い、魔石はあまり重くないものであったため、特にダメージを受けることはなかった。ただ驚く程度だ。

俺にぶつかった後にまた浮き上がった魔石を捕まえて【情報操作解析】で調べてみると、この魔石は二時間ごとに俺の頭に落下する機能がついているらしい。

「なるほど、これで起きろと」

時間を正確に計っているあたり、地味にハイテクだ。

「うん！」

「できれば、もうちょっと穏便な起こし方がよかったんだが……これで回復はなんとかなりそうだ。ありがとうリア」

痛くないとはいえ、普通に攻撃を受けることになったが、そういえば防具はどうなっているのだろう。

見た目ではそこまで損傷していないように見えたが、あれから防具に付与された魔法が発動したのを見ていない。他に色々とやることがあったせいで調べるのも後回しになっていた。

買い換えを覚悟しつつ【情報操作解析】を使うと、うれしい事実が分かった。

防護魔法の鑑定結果に『許容量を大幅に上回る魔力による損傷を検知したため、発動を凍結中。修復完了までまで残り二七五二秒』と書かれていたのだ。しかも、あと一時間もかからずに終わるらしい。

自動修復まで組み込まれているとは。確か魔力消費の関係で生産中止になった試作品だという話だが、魔力の確保手段さえ用意できれば、他の防具を駆逐してしまうんじゃなかろうか。

……とはいえ、寝ているうちに復活されると目覚まし魔道具をはじいてしまいそうなので、いったん防具は外しておいた。

「じゃあ、電気消すぞ」

「おやすみー」

俺は魔力回復加速ポーションを飲み干し、魔力をほぼ使いきっていることを確認すると、一度目の眠りについた。

エピローグ

それから俺は二時間ごとに文字通り叩き起こされ、そのたびに薬を飲みながら魔力を使いきるまで回復魔法を使い、また寝るということを繰り返しながら、朝の鐘を迎えることになった。

「カエデ、おきた？」

「ああ。俺が起きたのは、今日で五回目だけどな」

そう言いながら俺は、枕元に置いていた防具を身につける。ちょうど二時間が経過したらしく、その直後に目覚まし魔道具が俺の頭を叩こうとしたが、目覚まし魔道具は防具によって元の位置へと押し返された。

それでも職務に忠実な目覚まし魔道具は、あくまで俺の頭を叩こうとして突撃を繰り返すため、俺の頭の上で跳ね回るような動きをし始めた。

なんだか可哀想になってきたので、俺は一瞬だけ防具をアイテムボックスに収納して頭を叩かせてやり、それから魔道具を収納して防具をつけた。

睡眠の環境としては最悪に近かったと思うが、体調は悪くない。

元々一度くらいの徹夜は問題ないので、魔力反動が減った分がそのまま回復になったようだ。

魔力反動の残りは、二十八万ほど。リバイアサンを倒した直後から二割ほどしか減っていないものの、体の動きは全く違う。

リバイアサンを倒した際にレベルが上がったようなので、その影響もあるのかもしれない。

レベルアップ音は、爆発の轟音にかき消されて聞こえなかったが。

「カエデ達、起きてる？」

「おう。起きてるぞ」

同じく鐘の音で起きたらしいミレイが、俺の部屋の扉を開けた。

ミレイも装備は万全で、遺跡に入る準備はできているようだ。

「体の調子はどう？　行けそう？」

「ああ。まだ全力で戦うのは無理だが、調査くらいなら行けると思うぞ」

防具も復活したことだし、加速魔法を使った緊急離脱もできる。

「じゃあ、早速行くわよ！」

「おー！」

大分走り慣れてきたルートを通り、俺達は遺跡の入り口へとたどり着く。

入り口には昨日と同じく、ジェイス達がいた。どうやら警備を続けていたようだ。

その足下に、黒ローブを着た男が一人倒れている。

いや、『着た』という表現は正しくないかもしれない。

なにしろその男が着ていたと思しき黒いローブは、原形をとどめないほど酷く引き裂かれていたのだから。

【情報操作解析】によると、男自身は気絶しているだけで、一応生きているらしい。

「おう、カエデ組か。調子はどうだ？」

「とりあえず、調査はできそうだぞ。ところで、その黒ローブ……黒ローブだったものは？」

「うわ、これは酷いわね……。ジェイスってまさかホ――」

「違うわ！」

後ずさりするミレイに、ジェイスがツッコミを入れる。

「盗賊を殺さずに捕まえる依頼なんて、滅多にないからな。のこのこ歩いてくるのを見かけて、加減するのを忘れてとりあえず足を蹴ったら、回転しながら飛んでいってこうなった。服が破れてるのは、その時木に引っかかったせいだ」

「あー、それは仕方ないわね。時々ある事故よ。でもこいつ、よく生きてたわね」

「回復薬って、便利だよな」

仕方ない……のか？

なんだか、騙されている気がする。

まあ、盗賊を生きて捕まえられたなら、それでいいか。理由は気にしないことにしよう。

エリスさんの言っていた最前線都市情報部心得第一条とやらを、俺も見習うのだ。

「向こうに空いてる穴にも、警備がついてるんだよな？」

「ああ。カエデ達の話は通ってるから、向こうから入っても大丈夫だぞ」

「じゃあ、あそこから行くか。リアも下りられるか？」

「おりるのは、だいじょぶ！」

相談しつつ、俺達は【大火球】で開けた穴へと向かう。

位置を完全に覚えていた訳ではないが、リアが魔力探知を使いながら先に進んでいくので、俺達はついていくだけだ。

穴の空いた場所に行くと、二人の冒険者がいたので、一応了承を取ってから穴へと飛び降りる。

中はすでに冷えており、すんなりと通路にたどり着くことができた。

「どこか、魔道具の多い場所ってあるか？」

「んー……むこうには、ないけど、あっちならすこし？」

リアが指したのは、『革命の炎』が発動したのとは逆の方向だ。

遺跡には元々沢山の魔道具があったはずだが、どうやら『革命の炎』によって壊れてしまったらしい。

とはいえ、特に密集地帯がある訳ではないようなので、一つずつ部屋を回っていくことにする。

「ここは……食料庫か」

一つ目の部屋には、小麦粉やそば粉、干し肉といった食料の入った袋が、沢山積まれていた。

共通点としては、どれもかさばらず、保存が利くものだということだろうか。

調理用に使うものなのか、水魔法や炎魔法の魔道具もいくつか交ざっていた。

「これ、意外と質がいいわね」

「そうなのか？」

「魔道具としての性能は知らないけど、素材の魔石はなかなかよ。調理器具にするにはもったいない気がするけど……」

「コスパより、ここに運び込む手間を重視したってとこじゃないか？　他の食料もそんな感じだし」

いくら囲い付きの果樹園を隠れ蓑にしていても、あまりに大量の物資を運び込んでいたら目立つからな。

ましてや、あの人数だ。バレないように維持するには、かなりの効率化が必要だったのだろう。

一応荷物を全部アイテムボックスに収納し、おかしなものがないことを確認して、俺は次のドアを開ける。

そこで待っていたのは……。

「食料庫ね」

「食料庫だな」

「また、おなじへや？」

食料庫だった。

俺はさっきと同じようにアイテムボックスに食料を収納し、次の部屋の様子を探る。

そして、ドアを開けた先に待っていたのは……またも、食料庫だった。

次の部屋も、その次の部屋も食料庫だった。

そうして調べた部屋の数が十に達し、もはや流れ作業となってきた頃のことだ。

「じゃあ、次行くわ――」

「ちょっと待ってくれ」

次の部屋の扉を開けようとしたミレイを、俺は制止した。

今までの部屋とは、様子が違う。

かなり狭く、置かれている荷物が少ない。

そして壁を示す触板の中に、無数の空洞のようなものが見えるのだ。

この遺跡に入って初めて見る反応だが、もしかしたら爆薬かもしれない。

「リア、隣の部屋に魔道具は見当たらないか？」

「んー……ドアのへんに、いっこだけ？　でも、ちいさいよ！」

「小さい魔道具か……」

小さいということは、魔道具自体にはそこまでの機能が必要ないということだ。

魔灯などであれば、小さくても十分効果を発揮するが……火が出ればそれで十分なのは、爆薬の起爆用魔道具も同じだ。

「何かあったの？」

「壁の中に、爆薬が仕込まれてるかもしれない。二人とも、ちょっと……いや、あと二つ奥の部屋まで下がってくれ」

隣の部屋とこの部屋を繋ぐのは、今見えている扉だけではなかった。

設営の際にでも使ったのか、触板に、壁に埋め込まれた扉が映っている。

すでに埋められているようだが、このくらいなら少し掘ればアイテムボックスに収納できるだろう。

俺はいつでも加速魔法を発動できる用意をしつつ、刃杖を使って壁を削る。

『結構時間がかかってるみたいだけど……いけそう？』

『壁の中に、今は使われてない扉があるみたいだ。普通に開く方の扉には罠とかありそうだし、こっちを開けようと思う』

『外から見るだけで、そんなことまで分かるのね……』

『いや、分からない。ただ可能性があるってだけだ』

通信しながら、俺は慎重に壁を掘り進める。

すると、古い扉が姿を現した。

扉というよりは、蓋というのが正しいだろうか。一度開けた穴を、大きい石の板でふさいだようだ。

俺はそれを、アイテムボックスに収納する。

そうして、壁の中から出てきたのは――

「やっぱり爆薬か……」

爆薬の粉がいっぱいに詰め込まれた、大きめの麻袋だった。

中身は黒色火薬に近い、割と原始的な爆薬のようだが、密閉空間の壁いっぱいに詰め込んであるのだから、単体での性能などあまり関係ないだろう。

そして、原始的だからこそ警戒する必要がある。

のこのこと踏み込んでいれば、部屋もろとも吹き飛ばされていたに違いない。

『爆薬を見つけた。……リア、魔道具が仕掛けられていたのは、入り口だけか？』

『おくのほうにも、多分あるけど……となりのへやかも？』

『入り口から見て何メートルくらい奥だ？』

『じゅうごめーとるくらい？』

十五メートルか。この部屋の奥行きは十メートルもないようだから、隣の部屋だろうな。

隣の部屋も触板にギリギリ映っているが、そちらには爆薬などが仕掛けられている形跡は見当たらない。

とりあえず、魔道具を警戒するのは入り口だけでよさそうだ。

『分かった。解除に入るから、近付かないでくれ』

そう言いながら、俺は壁に埋め込まれた爆薬をアイテムボックスへと収納し始めた。

爆薬を取り除くだけなら離れて火でもつければいいのだが、それでは部屋の中身もまとめて吹き飛ばすことになってしまう。

こんな罠が仕掛けられている場所だからこそ、中身には期待できる。できれば無傷で回収したい。

常に加速魔法で逃げられるルートを確保した上で、触板によって周囲の様子を探りながらの作業だ。

そうやって穴から手の届く範囲の爆薬を撤去し終わり、部屋の中をのぞき込むと、ドアのあたりに小さい魔道具が仕掛けられているのが見えた。

【情報操作解析】によると、発火の魔道具らしい。

ドアにスイッチが仕込まれており、開いた瞬間に起爆する仕組みのようだ。

『扉の下の方に、五センチくらいの魔石があるな。リアが見つけたのはこれか？』

『うん！』

リアの返事を確認してから俺は手を伸ばし、魔石に触れると同時に収納した。これでとりあえず、起爆装置は無効化できた訳だ。

だが、まだ油断はできない。

地球で使われていた爆薬は雷管でなければ起爆できないようになっていたが、黒色火薬などは静電気で火花が散るだけで爆発するのだ。

俺は念のために金属部分のある武器と防具をアイテムボックスへと収納し、壁に埋め込まれた爆薬を少しずつ回収する。

十分ほどの作業の後、壁から全ての爆薬袋が取り除かれたのを確認すると、俺は地面に少しだけ散らばっている火薬の粉に水をかけて湿らせてから、通信魔法で話しかけた。

『とりあえず、撤去完了だ。ただ地面に粉が少しだけ残ってるから、長居はしたくないな』

『中はどんな感じ？』

『……この部屋自体は――』

「なんにもないねー」

「確かに、何もないわね……」

通信の途中で、リアが部屋に入ってきた。

僅かに遅れて、リアを追いかけるミレイも入ってくる。

隣の部屋あたりまでは自分で探ろうと思っていたのだが……まあ、隣の部屋には爆薬が仕掛けられた様子もないので、問題ないいか。

一応二人に離れてもらいながら、俺は隣の部屋へのドアを開ける。

その部屋はほとんど空っぽだったが、中には他の部屋と違う点が一つだけあった。

ドアのついていない、人が一人通れるかどうかといったサイズの穴が空いているのだ。

入り口に立ってみると、その穴は途中で曲がりながら、どこかへと続いていることが分かった。

「これって……」

「多分、隠し通路だな。連中が逃げ出したのも、ここからかもしれない」

そう言いながら俺は、隠し通路へと足を踏み入れる。

「二人はそこで待っててくれ。後ろに人がいると、加速魔法が使えないからな」

「分かったわ」

隠し通路は曲がりくねりながら、上へと続いていた。

勾配はかなり急で、誰かが足を滑らせたような跡もある。しかも、かなり新しい。

そんな道をしばらく進むと、触板に地上が映るようになってきた。

だが……。

『出口が埋まってるな。でもこの穴は、地上に繋がってたみたいだ』

地上に続いていたであろう通路の出口は、大量の土が詰め込まれて埋まっていた。

土はかなり新しい感じがするし、ところどころに交ざった雑草が茶色くならずに残っているので、
恐らく埋めたのはついこの間だろう。

『やっぱり、脱出口で間違いなさそう？』

『ああ。……まあ、脱出口がどこだか分かったところで、逃げられた後じゃあんまり意味はないんだけどな。いったん戻るぞ』

慌てた黒ローブが何か落としてくれていないかと少し期待したのだが、今回の黒ローブ達は注意深かったようだ。

少し残念に思いつつ、俺はリア達のいる部屋へと戻った。

「そっちはどうだ？」

「うーん。大したものは見当たらないわね。やっぱり、大事な資料とかは持って逃げたんじゃないの？」

「やっぱり、そうなるよな……いや、ちょっと待て。ミレイから逃げきったのは、何人くらいだ？」

「ゲイナーだけだと思うわ。多くても二、三人ね」

やっぱり、その程度の人数だよな。

「その中に、でかい荷物を持ってた奴は？」

「ゼロよ。誰も大した魔法は使ってなかったから、多分アイテムボックスもないわね」

「……となると、そんなに大量の荷物を運び出せる訳ないよな？　この辺とかに……」

言いながら俺は腰を落とし、地面をよく観察する。何も見つからない。

次は、爆薬の仕掛けられていた部屋だ。

ここの地面は魔力を通さない素材でできているらしく、触板には何の反応もないが……目で細かく観察すると、地面にある石の一つに、動かしたような跡があることに気がついた。

それをアイテムボックスに収納すると、中から金属と石材のようなもので囲まれた、人が数人入れるサイズの箱が姿を現す。

「おー！　おおきい！」

「持ち逃げしたフリをして、実は隠してた訳だな」

「こんなの、よく見つけたわね……」

このサイズだと地面から引っ張り上げるのも一苦労なので、俺は箱をいったんアイテムボックスに収納し、隣の部屋で取り出した。

「爆発したりするかもしれないから、一応離れてくれ」

二人が離れたのを確認して、俺は箱を開ける。

そこから出てきたのは、書類の束と、妙な形をした四角い箱だった。

書類の束の一番上に置かれていたのは、そんなタイトルの紙だった。

『新世代の篝火』の支部に貯蔵されている食料の量や、今後手に入りそうな食料の種類などが書かれている。

「……食料事情の概況？」

面白みがないと言えば面白みのない資料だが、他の支部の特定に繋がるかもしれない。

問題は、それをめくった下にあった書類だ。

『真龍召還計画　進捗報告』。タイトルにはそう書かれている。

中を見てみると、そこには真龍とやらを召還するために行われた実験などについて書かれているようだった。

内容は『新世代の篝火』らしい、見るに堪えない陰惨な実験の概要とその結果だが……問題はそこではない。

「なあ。ここに書いてあるドラゴンって、亜龍のことじゃないよな？」

「なんか、一撃で世界を滅ぼすために必要な出力がどうとか書いてあるし……」

「ありゅうなんかじゃ、ほろぼせないよ？」

「だよな……」

どうやら『新世代の篝火』は、亜龍のみならず本物のドラゴンまで召還するつもりらしい。

「でも、なんで『新世代の篝火』が世界を滅ぼすの？　連中の目的って、アーティファクトを壊すことよね？」

「それっぽいことが、ここに書かれてるぞ」

俺は紙をめくり、最初の方のページを開く。

そこには何やら古くさい言葉遣いで、人類がどうたら古代文明がどうたらという長ったらしい文章が書き綴られていたが、これを書いた奴は要するに、『世界ごと滅ぼせば、アーティファクトもそれを使う奴も全員まとめて滅ぼせるんじゃないの？』と言いたかったらしい。

かなり頭のネジが飛んでいるようだが、最悪なことに、実験はそこそこ進んでしまっているらしい。

というのも、連中が使っていた亜龍を召還する魔道具は、全てこの実験から派生したものだと書いてあるのだ。

「もしかして、この箱がその魔道具だったりとか？」

そう言いながらミレイが、書類の中に埋もれていた箱を拾い上げた。

この箱も、そこそこ大きい。俺やミレイは流石に無理だが、小柄な人間なら収まりそうなサイズだ。

「いや、それは違うと思うぞ」

「そう？」

「ここを見てみろ」

「……なるほど」

ミレイの持ち上げた箱の側面には、『破壊不能につき封印。破壊法を模索』というメモが書かれていた。

古代文明語ではなく、今の世界で普通に使われている言語でのメモなので、恐らく『新世代の篝火』が書いたものだろう。

【情報操作解析】で調べてみると、これもアーティファクトだということが分かった。

名前は『三型小型対魔法シェルター』。

どうやら古代文明が作った、ひたすら頑丈な箱のようだ。

「あっ、リア、それしってる！」

中に何か入っていないかと思い、俺が蓋を開けたところでリアが声を上げた。

「知ってるも何も、ただの頑丈な箱じゃないのか？」

「ちがうよ！　それ、リアたちのおうち！」

おうち……？

「おうちって、まさか家のことか？」

「うん！」

この箱が……家!?

古代文明の作ったシェルターが家って……もしかしてリアは、本物の古代文明人なのだろうか。

ドラゴン召喚の件といい、色々大変なことになりそうだ……。

あとがき

はじめましての人ははじめまして。既刊からの人はお久しぶりです。進行諸島です。

今回は後書き1ページです。ページ数の関係でゼロになった前巻ほどではありませんが。短いです。

早速、本編の話になりますが、前巻に引き続きほぼ完全書き下ろしです。

ページ数がないので本編の内容を短くまとめますと、主人公が無双して、悪の組織と戦って、無双するお話です。

ストーリー展開は大きく変わっているものの、本シリーズとしての面白さは残し、むしろ強化するような方向性で改稿に臨んでおりますので、書籍版からの方にも、WEB版からの方にも、楽しんでいただければ幸いです。


最後に謝辞を。

前巻までに引き続き、素晴らしいイラストを書いてくださった、ともぞ様。遅筆な私に付き合ってくださった、担当様。この本を置いてくださる、書店の方々。そしてこの本を手にとってくださった、読者の皆様。

この本を出せるのは皆様のおかげです。本当にありがとうございます。

二〇一七年一月　進行諸島

異《い》世《せ》界《かい》転《てん》移《い》したので チート を生《い》かして 魔《ま》法《ほう》剣《けん》士《し》やることにする 4

GC NOVELS

2017年3月3日　初版発行

著　者／進《しん》行《こう》諸《しょ》島《とう》
画　／ともぞ
発行人／武内静夫
編　集／岩永翔太
装　丁／横尾清隆
印刷所／株式会社平河工業社
発　行／株式会社マイクロマガジン社
〒104-0041　東京都中央区新富1-3-7　ヨドコウビル
［販売部］TEL 03-3206-1641／FAX 03-3551-1208
［編集部］TEL 03-3551-9563／FAX 03-3297-0180
http://micromagazine.net/

ISBN978-4-89637-616-6　C0093
©2017 Shinkoushotou ©MICRO MAGAZINE 2017　Printed in Japan

本書は小説投稿サイト「小説家になろう」(http://syosetu.com/)に掲載されていたものを、加筆の上書籍化したものです。

定価はカバーに表示してあります。
乱丁、落丁本の場合は送料弊社負担にてお取り替えいたしますので、販売営業部宛にお送りください。
本書の無断転載は、著作権法上の例外を除き、禁じられています。
この物語はフィクションであり、実在の人物、団体、地名などとは一切関係ありません。

アンケートのお願い

右の二次元コードまたはURL(http://micromagazine.net/me/)を
ご利用の上、本書に関するアンケートにご協力ください。
■ご協力いただいた方全員に、書き下ろし特典をプレゼント!
■スマートフォンにも対応しています（一部対応していない機種もあります）。
■サイトへのアクセス、登録・メール送信時の際にかかる通信費はご負担ください。

ファンレター、作品のご感想をお待ちしています!

宛先　〒104-0041　東京都中央区新富1-3-7　ヨドコウビル
株式会社マイクロマガジン社　GCノベルズ編集部「進行諸島先生」係「ともぞ先生」係

GC NOVELS 話題のウェブ小説、続々刊行！ 毎月30日発売

「酷幻想をアイテムチートで生き抜く⑤」
風来山 イラスト／ばん！
「異世界に来たみたいだけど如何すれば良いのだろう②」
舞 イラスト／ときち
「ガチャを回して仲間を増やす 最強の美少女軍団を作り上げろ②」
ちんくるり イラスト／イセ川ヤスタカ
2017年3月31日発売